NOVELA

(eBOOK)

LA GUERRA

QUE NUNCA QUISE

Segunda PARTE

BUSCANDO SER ALGUIEN

ROBERT MAXIMILIAM

2018

LA GUERRA QUE NUNCA QUISE

SEGUNDA PARTE

«BUSCANDO SER ALGUIEN»

ISBN 978-1-988475-65-3

Editada bajo el sello de

«EDITIONS ROMAX»

Buscando Ser Alguien

«Queriendo ser alguien me descubrí a mí mismo, extendí mis alas y volé»

NOTAS ACLARATORIAS

«Todos los personajes y nombres o sobrenombres son producto de la imaginación del escritor, cualquier parecido, es coincidencia. Mil disculpas a toda persona que se sienta señalada o interpelada por mis personajes»

«Todas las palabras o expresiones en letra itálica, indican que pertenecen al vocablo o jerga utilizada por el pueblo salvadoreño»

Robert Maximiliam

Introducción

Esta novela nos relata la historia de Rodrigo Rodríguez, llamado cariñosamente RORO. Un joven que nos relata algunas vivencias de su país de nacimiento, El Salvador, en tiempos de la guerra civil; supuestamente, ocurrida entre los años ochenta, pero que en realidad había comenzado diez años antes.

El cipote, como se les dice cariñosamente a los jóvenes, se encuentra viviendo en su país de acogida, Suecia. Él recuerda, con nostalgia, aquellas vivencias que lo marcaron en su querido terruño, El Salvador. Había emigrado a principios de los noventa, después de la muerte de los sacerdotes de La Universidad Centroamericana (UCA), durante la mentada ofensiva «*hasta el tope*».

Sus recuerdos lo llevaron a sus años mozos, cuando estaba terminando su último año del tercer ciclo, el noveno grado. En esa época, su grupo de amigos, la *mara,* se reunía, casi católicamente, todos los días en la esquina de la casa de su mejor amiga, la Negra. En ese lugar, armaron y desarmaron el mundo a su alrededor; gustaron, verdes y maduras; decidieron su futuro y cerraron su amistad para siempre.

En ese tiempo, la guerra entre los revolucionarios y las fuerzas del gobierno comenzaron a ponerse color de hormiga. Esa zona occidental del país, sufrió de manera exagerada, los atropellos de un conflicto que no tenía ni pies ni cabeza. Para muchos, no había razón para tanta maldad humana.

Él se declaró ajeno y neutro a tales belicosidades. Se mantuvo, firme y sólido en medio de tanta injusticia. Esa posición, lo sumergió en un mar de tempestades que lo llevaron por rumbos insospechados. Su amor por la vida y su deseo de encontrar un mejor lugar para vivir, lo llevó al fin de cuentas, a dejar su tan amado país.

Esta novela nos muestra el lado humano de aquellas personas que se vieron posicionadas, contra su voluntad, en medio de un conflicto del cual no querían ser parte. Escrita en una narrativa romántica y utilizando, la jerga del salvadoreño común, nos introduce de manera mágica en la idiosincrasia del guanaco y su manera de ver la vida. Descubrimos algunos lugares exuberantes del «pulgarcito» de América y aprendemos a amar su historia.

BUSCANDO SER ALGUIEN

SEGUNDA PARTE

En la primera parte de esta novela, «Memorias vivas», nuestro héroe Rodrigo Rodríguez, cariñosamente apodado el RORO, vive su último año de estudios en su pueblo y junto a su grupo de amigos cercanos, su *mara*. Juntos vivieron, descubrieron y sufrieron los problemas que todo joven guanaco experimentó en los inicios de una guerra civil que no había sido declarada en «el Pulgarcito de América».

Al final de la primera parte, el Roro se dirigió con mucho entusiasmo y, muchas dudas, hacia su nuevo destino, la ciudad morena de Santa Ana. Ahí, se hospedaría en la casa de la sobrina de una prima de su padre y viajaría a estudiar hasta Ciudad Arce, a varios kilómetros de distancia buscando a la capital.

Su deseo de convertirse en profesor de educación básica le llevó a dejar su pueblo y sus amigos, especialmente a su *chera*, la Negra. Con ella había jugado a ser adultos los últimos meses y, a su lado, había aprendido a ser hombre.

En esta nueva etapa de la vida del Roro, otros personajes se unirán a su aventura y, juntos, descubrirán nuevos horizontes; se acercará, sin proponérselo, al centro del conflicto armado. Sin embargo, habrá tiempo para disfrutar las melodías perdidas que se escuchaban bajo la sombra de una guerra que, cada día, aumentaba en crueldad, violencia y destrucción.

Esta parte de la obra se desarrolla durante los años 1978 y 1979. En este período se dieron varios hechos importantes: secuestro y asesinatos de personas importantes, la masacre de la Catedral y el primer golpe de estado.

INDICE

LA GUERRA QUE NUNCA QUISE

Segunda Parte

BUSCANDO SER ALGUIEN

Buscando

Ser

Alguien

PAGANDO EL DERECHO DE PISO

Después de que se despidiera de su *chera*, la Negra, el Roro se puso un poco melancólico. El viaje hacia Sonsonate fue tranquilo, por la primera vez no había encontrado ningún cristiano, boca arriba, en la orilla de la carretera. Lo más curioso de todo fue que ni soldados ni guerrilleros habían realizado sus retenes. Un soplo de esperanza brilló en lo profundo de su alma, pero rápidamente se desvaneció porque la carretera hacia Santa Ana, vía «el cerro verde» estaba bloqueada por un enfrentamiento armado. Por esa razón, el bicho tuvo que abordar un bus que lo llevaría hacía su destino por la carretera que pasaba por los Naranjos, un pueblo en la cumbre de las montañas.

El cambio de bus en la terminal cocotera fue toda una batalla porque la demanda se había duplicado. Por esa razón, subirse fue más complicado porque además de su mochila, él llevaba un saco de mangos y una bolsa con veinticinco libras de camarones. Al final de cuentas, la única opción que le quedó, fue el lomo del vehículo. *A las primeras de cambio*, todo iba bien porque desde lo alto podía ver todo a su paso. Por esa ruta era la primera vez que se iba, mejor dicho, era la primera vez que visitaba dicha ciudad.

Según los comentarios de los compañeros de viaje, era una ruta cafetalera y el punto más alto era el pueblo de Los Naranjos. Su clima fresco durante la mayor parte del año hacía propicio el cultivo del café. Desde que salieron de la ciudad de los cocos, al *nomás* entrar en la ruta, comenzaron a subir hacia el cerro El Pilón. Todo el camino era hacia arriba. Aquel bus se movía con mucha dificultad porque era viejo e iba sobrecargado. La humareda negra que iba dejando, a su paso, no *daba buena espina* y, en cada parada, le costaba retomar las fuerzas. Todo el mundo *iba socando* porque los podía dejar varados a medio camino.

Cuando iban cerca de la Finca Altamira, aquel frío se *puso yuca*. Los *clientes* que iban, sobre la *nave,* comenzaron a *tronar sus dientes* y su quijada. Unos aprovecharon una pequeña parada para meterse al bus y otros, más *cachimbones*, se aguantaron el *friyazo*.

El Roro, por su parte, *no le quedó de otra* cosa que aguantarse porque le podían *guevear* los camarones.

Después de pasar el punto más alto, aquella *guarola* se *despepito* al agarrar la bajada. En las curvas sólo se doblaba y, al oír las llantas chillar, los pasajeros simplemente se agarraban de donde podía y, al mismo tiempo, se ponían a rezar. El frío paso a ser un problema menor. El Roro, por su parte, se agarró de unos hierros y se dijo que en caso de accidente no dudaría en lanzarse sobre algún árbol.

Aquellos quince minutos se hicieron eternos y cuando llegaron a la planicie, la *mara* comenzó a respirar mejor. El calor, igualmente, se presentó y, de igual manera, los cafetales dieron paso a la caña de azúcar, el maíz y el maicillo.

A eso de las ocho de la mañana, estaban entrando a la ciudad morena. Las casas de ladrillo y tejas daban la bienvenida a los visitantes. Era una ciudad comercial porque se veía el movimiento por las calles. El bus no pudo llegar hasta la terminal porque una manifestación de trabajadores municipales se lo impidió. Así que los dejó como a dos cuadras del lugar.

Hasta ese momento, el chico se dio cuenta de que no sabía el nombre de la supuesta tía, ni la dirección y, mucho menos, cómo reconocerla. Se fue a la terminal con todos los *chunches* al hombro y trató de identificar a alguna mujer que pudiera andar buscando a alguien. A eso de las doce, se dio por vencido, y llegó a la conclusión que era casi imposible dar con los familiares. Para colmo de males, los camarones comenzaban a oler un poco mal. Buscó una tienda y compró unas bolsas de hielo para tratar de mantenerlos sanos.

Cómo era, domingo, pensó que la gente se reunía en alguna iglesia y, ahí, podría tener alguna oportunidad de dar con su tía. En la distancia, divisó las puntas de una iglesia. Quizás, era el edificio más alto en toda la ciudad porque dominaba con estilo sobre todas las casas. El tipo comenzó a caminar sin perder el ojo de aquella catedral.

Caminó, casi, diez cuadras hasta llegar a un parque y frente a él, se encontraba la magnífica, parroquia, católica. Con un estilo gótico marcado, ponía énfasis en el detalle. Parecía que todo terminaba en punta, mirando, al cielo. Aquel edificio era tan bello que, el tipo, se quedó observándolo con la boca abierta, era la primera vez que veía una iglesia tan bella. Se sentó en una banca y se quedó observando, casi cómo acariciando la magnificencia de un regalo.

De repente, vio correr una línea de agua en dirección de un desagüe. Eran los camarones que se estaban quedando sin hielo. Se volvió para buscar la bolsa de plástico y, abriéndola, se dio cuenta de que no durarían mucho. Una voz femenina, lo sacó de su problema:

— ¿Parece que, necesitan, más hielo, verdad?

— Perdón. —Le dijo mirándola porque no creía que se dirigiera a él.

— Digo que lo que trae en la bolsa se está quedando sin hielo. ¿Qué es? ¿Pescados, cangrejos o camarones?

— ¡Camarones! Y tiene razón, el hielo se está deshaciendo. ¿Dónde puedo comprar unas bolsas por aquí?

— ¿No es de estos lados, verdad? Puede ir a buscar en aquella tienda. —Le mostró un lugar al otro lado del parque.

El chico se quedó dudando porque, con todas las cosas, le era casi imposible moverse. Por esa razón, la mujer se ofreció a cuidarle los tanates. Un poco desconfiando, el tipo voló hacia el lugar para comprar las bolsas.

— ¡Todo es caro por aquí! —Le dijo mientras ponía el hielo a los crustáceos.

— ¿De dónde viene? ¡De la Costa!

— ¿Cómo lo adivinó?

— El acento *cantadito*, como los *chapines*.

— Sí, de esos lados. Por casualidad, conoce, alguien que me pueda comprar éstos camarones de río.

— De río, ¡qué rico! No sé, en alguna tienda que vendan alimentos, un comedor pero honestamente no conozco.

— ¡Buscaré entonces!

— ¡Vaya por ese lado que por ahí hay muchas tiendas!

Se despidieron y cada cual siguió su camino. A eso de las cuatro de la tarde, cansado, desmotivado y con los camarones a punto de arruinarse, llegó de nuevo al parque que estaba frente a la Catedral. Quizás, con la esperanza de volver a ver a aquella mujer simpática.

Al rato, de *volar lente por* todos lados, la miró cuando se acercaba, de nuevo, al parque. Se sonrieron al verse y se saludaron. Fue ella, quien inició la conversación, preguntándole:

— ¿Y qué pasó? No pudo venderlos. —Se sentó a su lado.

— No tuve suerte, casi me los pedían regalados. —Frunció el rostro en signo de frustración.

— ¿Y qué pretende hacer con ellos? ¿Se los llevara de regreso a su casa?

— No puedo, he venido a quedarme. Me dijo que le gustaban: ¿Los quiere?

— Me encantan pero no puedo aceptarlos. Imagino que es para obtener alguna *platita*, en este momento no tengo dinero.

— No eran para vender, eran para un familiar. También esta bolsa de mangos.

— ¿Entonces?

— Se suponía que me estarían esperando pero *neles pasteles*. Por eso, prefiero que los disfrute usted a que se pierdan.

— ¡Claro! Si quiere los mangos, también. Me quitaría un peso de encima.

— Pero… vivo un poco retirado y pesan mucho.

— No hay problema, los llevo hasta su casa, si lo desea. Luego tengo que buscar un lugar para dormir para pasar la noche. ¿Conoce, alguno?

— ¡No! La verdad no soy de esta ciudad y casi no salgo.

— ¡Entiendo! Entonces, me echa una mano con los camarones y los mangos.

— Si me ayuda a llevarlos, con gusto; pero conste que es para ayudarlo.

— ¡Hecho!

Ambos comenzaron a caminar en dirección de la vivienda de la mujer. En el camino, ambos se presentaron y se contaron, más o menos, a grandes rasgos parte de su vida. Ella le dijo que se llamaba Sofía, pero que le decían «Sofi». Vivía, con una tía que tenía una pequeña tienda, y que tenía un hijo de diez doce años. Además, de ser catequista en la catedral. Por su parte, el Roro, le contó la historia de su nombre, su deseo de ser profesor y que había olvidado todo, lo referente su tía. Eso sí, sabía que llevaban el mismo apellido y que, también, tenía una pequeña tienda. No era gran cosa.

Al llegar a la casa de la tía, no quiso llevarlo a la tienda para evitar que la tía lo viera y comenzara a hacer preguntas. Lo entró por la puerta de servicio que daba directamente a una cochera que servía de bodega y estaba conectada a la casa por los lavaderos. Se quedó, a unos pasos de la entrada, mientras la mujer llevaba los camarones y los mangos a alguna parte.

A los minutos regresaba con una «*chumpa*» en sus manos. Con una sonrisa muy agradable se la ofreció:

— ¡Tenga! Esto le servirá para protegerse del frío. Imagino que en la costa no hace mucho frío. Por las noches, la temperatura baja mucho y aquellos que no están acostumbrados, pueden pasarla mal.

— ¡Gracias! Pero no hace falta.

— ¡Agárrela! Yo sé porque lo digo: cuando vine, me pegué unas congeladas que ni me quiero acordar. Además, me dijeron que cerca de la terminal de buses hay algunos mesones donde podría encontrar albergue. Lo siento, por no poder ayudar más.

— ¡Está bien! Pero prestada; luego, la devuelvo.

— ¡Como quiera pero agárrela!

El Roro se despidió y agarró camino en dirección de la terminal; solamente con su mochila en la espalda y con la *chaqueta de lona* en su mano. La noche comenzaba a caer porque eran, casi, las seis de la tarde, el estómago le hizo un pequeño ruido avisándole que era hora de cenar. A las cuadras, en una esquina, aprovechó para *meterse* unos *pastelitos de carne con un cafecito de palo*.

Platicó con la vendedora y, ésta, le afinó la dirección de la pensión. A los minutos, se puso en camino. En ese momento, comenzó a notar que la gente parecía tener prisa. Se puso a pensar y cayó, en la cuenta, de que estaban en estado de sitio. La hora límite para andar por las calles era las diez de la noche y, solamente, quedaban tres horas.

Le metió quinta, a las patas, para buscar albergue. Poco a poco, comprendió que no estaba en su pueblo donde podía pasar de la hora límite. La suerte pareció que dejó de alumbrarle porque en ninguna parte encontró lugar para dormir.

Cuando falta media hora, decidió buscar cualquier lugar para refugiarse, pensó: buscaré bajo algún puente, una casa abandonada o en algún zaguán. La presencia militar se intensificó y cuando creyó que había encontrado un lugar, un espacio entre dos casas. Un soldado se encargó de corregir la decisión. Lo esculcaron por todas partes y, a los minutos, lo dejaron libre con la condición que no se dejara ver.

Al levantar la vista, se dio cuenta de que no estaba lejos de la Catedral porque volvió a ver, los picos de las torres. Siendo un lugar santo, creyó que podría encontrar refugio pero todas las puertas estaban cerradas y por mucho que golpeó para que le abrieran, nadie se dignó a abrir.

Como, estaba, al límite de la hora *pico*, no le quedó otra que meterse al jardín. Se hizo sitió bajo las hojas de unos rosales y se quedó *calladito* para que no lo descubrieran. Ahí, bajó el manto de estrellas, pasó la noche helada; por suerte, un viento repentino, le acarreó un puñado de hojas secas que, en cierto modo, le sirvieron de cobija.

Mientras trataba de cerrar un ojo para quedar con el otro abierto, comenzó a pensar en lo bien que lo pasaba con la Negra. Luego, se dijo: «creo que voy a ponerle un telegrama a mi padre para que me mande la dirección, pero ¿dónde encuentro una oficina de «Antel»? Después, lo pensó mejor, sus familiares se asustarían y prefirió seguir buscando. Él nunca pensó que la ciudad fuera tan grande.

Al día siguiente, se salió a las seis de la mañana para evitar que lo *guacharan*. Buscó un lugar para tomar algo caliente y, encontró, una señora que vendía «*chuco y nuégados*». Cuando los comedores abrieron, fue a desayunar algo típico: *frijolitos* revueltos con todo, queso fresco, crema y platanitos fritos; sin faltar, un café caliente.

Después de llenar la barriga, bastante desvelado, quiso buscar un lugar para dormir y, de paso, tratar de buscar la tienda de su tía. Camino de arriba abajo y de un lado a otro, según las direcciones que le daban. Al filo de las tres de la tarde, bastante desmotivado buscó un lugar para comer algo, cerca de la terminal de buses. Las ganas de retomar el camino a casa afloraron en su espíritu; pero con la misma, se negó a claudicar.

Cuando volvía y se dirigía a la Catedral, se dio cuenta de que pasaba por la tienda donde vivía Sofía. Un deseo de entrar a comprar *cualquier tontería* para saber, si la mujer, se encontraba por ahí, le *picoteó* el espíritu. En verdad, ella había sido, hasta la fecha, el único punto positivo durante, su pequeña, estadía en la ciudad morena. Después de quedarse dudando unos segundos, prefirió seguir su camino.

Llegó al parque, llamado: «Libertad». Buscó una banca y se acomodó. Frente a él, unos cipotes jugaban al fútbol con una pelota de plástico. Quizás, el sol de la tarde, le provocó una baja de energía y un sueño pesado le comenzó a atormentar. La lucha por no dormirse, era fuerte. De repente, no pudo más, cedió por unos segundos, según él. La verdad, se había echado más de una hora. El tiempo suficiente para que los bichos pícaros *se lo bajaran* con la mochila que tenía a un lado.

Al sentir los golpes en el hombro, de una anciana; abrió los ojos, muy asustado.

— ¡Despierte, hombre! ¡Qué unos cipotes le acaban de robar su mochila! ¡Se fueron por ahí! — Le mostró la dirección.

El muchacho salió corriendo tratando de descubrir a los maleantes, pero se habían esfumado del lugar. Sin nada más que lo que tenía encima, volvió muy decepcionado al parque, ni la señora estaba en el lugar. Se dijo: «*tras apaleado, puteado*. Solamente falta que me roben el espíritu».

En ese momento, las campanas de la iglesia se pusieron a sonar. Aquel sonido fuerte lo remeció, sorprendiéndolo. Se sentó muy triste y con el espíritu por los suelos. Miró frente a él y, al ver la entrada de la Catedral, algo dentro de él, le llamó para acercarse. Se puso de pie y, casi, como dándose una explicación, se dijo: «Un día mi abuelita me dijo que cuando la esperanza me abandonara que buscara a Dios. Él sabrá escucharte la oración».

Llegó al lugar y al ver la belleza, por dentro, no le quedó más que admirar aquella arquitectura. Hasta su problema se le olvidó, por unos segundos. Luego, buscó una de las últimas bancas y se sentó. Quizás, porque nunca había tenido la necesidad de orar, las palabras se le escondían dentro. Al final, solamente, dijo: « ¡Tú sabes lo que me pasa y lo que necesito! Por la fe de mi abuela, te pido que me eches una mano».

Se quedó ahí, observando, casi media hora. Cuando estaba a punto de salir del lugar, casi choca con Sofía que estaba llegando. Al verse, se reconocieron, ella le saludó primero, diciéndole:

— ¡Hola! Estuve, pensando, en usted todo el día. Al fin, ¿encontró dónde quedarse?

— ¡Ni le cuento! Me ha *ido de la patada.*

— ¡De verdad! ¡Cuánto lo siento! *Ahorita,* necesito hablar con el párroco antes de que se vaya. Si me espera unos minutos, podemos hablar.

— ¡Claro! No hay problema. — Le dijo, mientras, se respondía que no tenía gran cosa que hacer.

Como a la media hora, la mujer regresaba del interior del edificio. Al verlo en la última banca, le regaló una sonrisa y se disculpó:

— ¡Lo siento! Necesitaba arreglar un *problemita* con una de mis estudiantes de confirmación, su padre no está aquí; necesita firmar que la bautizaron pequeña. Por cierto, ahora que recuerdo, la abuelita de mi alumna tiene el mismo apellido suyo; al rato, ella conoce a su tía.

La mujer le había soltado una *sarta* de palabras sin dejar responderle. Luego, cayendo en cuenta de su mala educación, se disculpó de nuevo y mirando, el rostro del joven, agregó:

— ¿Qué dice si vamos al parque para que me cuente lo que le pasó?

Caminaron, casi, sin pronunciar palabra. La mujer se dio cuenta de que, el muchacho, estaba mal. Por esa razón, quiso comenzar a platicar para que se desahogara.

— ¡Así que no le ha ido muy bien que digamos! Cuénteme ¿qué pasó?

— Pues me pasó de todo. No encontré sitio para dormir y tuve que hacerlo en los jardines de la catedral. Antes de eso, los soldados me pararon varias veces creyendo que era un subversivo. Este día, seguí buscando a mi tía y nada; para colmo, unos bichos me robaron la mochila. Y ahora, estoy más fregado. ¡Creo que me volveré a mi tierra!

— ¡Entiendo y lo comprendo! Eso son los males que padecen las grandes ciudades. Si uno se descuida hasta le roban lo que no tiene. ¿Y sus estudios? Comprendí que venía a estudiar para convertirse en profesor.

— ¡Así es pero en vista de las circunstancias creo que todo indica que renunciaré a ese sueño!

— En alguna parte leí que los sueños nunca mueren, eso significa que tarde o temprano volverán a salir a la luz para reclamarle su cobardía. Cuando lo conocí, me pareció un joven decidido que sabía lo que quería. Nadie puede cambiar de la noche a la mañana.

— ¡No he cambiado ni soy cobarde! A veces, *el palo recibe tanto golpe que termina quebrándose.*

— Es verdad, pero si el palo resiste a la tempestad, se vuelve fuerte; luego, ninguna tormenta lo amedrenta.

— Es verdad, lo único que necesito es una mano, una luz de esperanza para levantar la mirada.

— Pues, quizás, esa luz sea yo. Anoche mi tía me vio llegar con los camarones, los mangos y los icacos.

— ¡Icacos! No sabía que los traía.

— Déjeme que le cuente. Mi tía tenía años de no comer camarón de río, ni de esos *mangos de mico* y, mucho menos, los icacos. Estos últimos, le trajeron bellos recuerdos porque en uno de los viajes de juventud, fue a parar a una playa muy bella que se llama: Barra de Santiago. Creo que fue con un enamorado o algo parecido. El caso fue que ahí comió los icacos y quedó encantada; hasta, me habló de una leyenda de ese lugar, una tal «Chasca, la virgen del agua»

— ¡Conozco el lugar! Es bello, muy pintoresco con sus canoas pasando por entre los manglares hasta llegar a la playa. Se podría decir que es: « La Venecia de El Salvador».

— Le hablé de usted y quiere conocerlo. Entonces, aproveché para contarle su situación y le pedí si podría darle algo de trabajo, digo para salir del apuro.

— ¿Y qué le contestó?

— Que si no le molestaba cargar bultos y era honrado, podría ver.

—Mire, no es para jactarme pero soy muy honrado y trabajador. En este momento, solamente necesito una mano para poder flotar; cuando salga del agua, otro gallo cantará. Si su tía me da un lugar para dormir y quizás, algo de comer, yo le subo y bajo cuanto bulto me ponga encima.

—Tampoco. No se deje mangonear porque mi tía, a sus años, se las puede todas. Y si se deja, lo agarra de mandadero. Mire que se lo dice, alguien que vive con ella, desde hace tiempo.

El semblante al joven cambió por completo y, juntos, agarraron camino por toda la avenida Independiente hasta llegar cerca de la Iglesia del Sagrado Corazón de Jesús.

La tienda se llamaba como la dueña, «Floridelma», Ahí, se vendía, solamente, víveres y algunas golosinas. No estaba muy surtida y, un poco, *polvosa*. En ese momento, recordó las palabras de la madre de la Negra que decía que *los clientes compran por los ojos y el olfato*.

Según, un comentario de Sofía, la tía era un poco *cascarrabias* y muy exigente. Por esa razón, el chico llegó un poco tímido. La sorpresa que se llevó fue que, encontró, una señora bastante jovial y, hasta, *acomedida*. La sobrina, se quedó sorprendida de aquel cambio. No se lo esperaba.

Entre cliente y cliente, la señora le preguntaba y, el chico, le respondía. Ambos caminaban de un lado para el otro platicando como si fueran *cheros* de toda la vida. Sofía los veía conversar y, extrañada, se preguntaba: *¿Dónde me perdí, en todo esto?* Claro que lo positivo de todo aquello era que su nuevo conocido tenía techo y, quizás, un poco de comida.

Cuando estaban a punto de cerrar, el hijo de Sofía volvía de la escuela. Supuestamente, salía muy temprano pero se quedaba jugando con sus amigos. Juan de Dios, *Juancho*, como le decían desde pequeño. El cipote se quedó, helado, cuando vio al tipo en su casa. Nunca pensó volverlo a ver. Entonces, su reacción fue de rechazo, enojo y agresividad.

La madre tuvo que intervenir para ponerlo en su sitio y pidiéndole que se disculpara con su amigo. Ahí, el chico cayó en la cuenta que, no era la fechoría, el motivo de la presencia de aquel hombre. Como, de la escuela le habían mandado a llamar, la madre tenía que arreglar cuentas con su vástago. Así que se lo llevó para el interior del inmueble.

El Roro, lo había reconocido de inmediato porque tenía buena memoria fotográfica, pero se hizo *el maje*. Según, la madre del bicho, para la abuelita era el consentido. En ese momento, el silencio era su mejor carta para obtener el trabajo y techo.

De entrada, se vio que le cayó bien a la dueña de la casa, juntos cerraron el negocio y prepararon las cosas para el siguiente día. El chico estaba acostumbrado porque seguido ayudaba a la Negra. Eso, hizo ganar más puntos, porque en un país machista, los hombres hogareños, parecen perlas raras.

Después de darle una buena *chamarreada* a su hijo, Sofía llegó para acompañarlos. Todavía iba con la sangre irritada y, quizás, había llorado por la imposibilidad de dominar a su pequeño. La tía cuando la vio, lejos de comprenderla, le pegó tremendo regaño; diciéndole que era una alcahueta.

Por suerte, la presencia del joven, detuvo aquel conflicto familiar. El joven intervino diciendo que no era fácil lidiar con los chicos a esas edades. Ese comentario, calmó las aguas. Sofía, un poco molesta, para no dar pie a que la siguiera regañando, se retiró diciendo que se iría a la cocina.

A todas éstas, la señora se destapó con el muchacho y le contó hasta de que se iba a morir la sobrina. Entre otras cosas, le recriminó que pasara mucho tiempo en la iglesia, descuidara a su hijo y que no buscara a rehacer su vida. Casi, le insinuó que necesitaba un hombre, para que la tranquilizara. Después de deshojar a la sobrina, comenzó a ensalzarla. Casi faltó que la vistiera de virgen, pura e inmaculada.

Al final, doña Floridelma, le permitió quedarse en el garaje que utilizaba de bodega; eso sí, con la condición de no entrar en la casa por el simple hecho de haber dos mujeres.

El Roro se acomodó en un rincón de aquel desordenado local y se dispuso a cerrar los ojos. El cansancio era evidente, gracias a Dios, había encontrado, al menos, un lugar con techo para cubrirse del sereno y del frío.

Como a la media hora, casi cuando se dormía, Sofía llegó con un plato de sopa de frijoles con unas tortillas calientes. Aquella comida cayó como anillo al dedo porque las tripas comenzaban a reclamarle. Sonriendo y con un brindis de vergüenza por lo sucedido, le dijo:

— ¡Imagino que no ha comido! Aquí le traigo algo para que se caliente. También estas frazadas para que se cubra, las mañanas son muy heladas. Al menos, aquí, no pasará frío. Verá que, poco a poco, la vida le irá cambiando.

— ¡Gracias! Usted es la prueba viviente de lo que dice. Se ha convertido en mi ángel. Esto siempre se lo agradeceré.

— No tiene nada que agradecerme, lo hice con mucho gusto. ¡Lo siento por lo de mi tía! Es, un poco, enojada; pero tiene un corazón muy dadivoso. Yo no sé ¿qué hubiera hecho si no me hubiera ayudado? Le debo mucho.

Se sentó sobre una banqueta de madera, frente al joven que se encontraba sentado, con las piernas dobladas, recostado sobre una pared. El chico se había puesto las sábanas sobre las piernas y, mientras tomaba la sopa, la escuchaba atento.

— ¡Por lo que escuché, la quiere mucho! Y se preocupa, piensa que si a ella le pasa algo, usted se verá en dificultad para sobrevivir.

— ¿Eso, le dijo?

— ¡Más o menos!

— Ella piensa que con buscar un marido, mi vida se arreglaría. Con el padre de mi hijo, tuve de sobra. No necesito, un hombre, para seguir viviendo. —Pareció enojarse.

— ¡Qué bueno que piense de ese modo! Véase, es joven, inteligente, muy hermosa y sana. Tiene todo para salir adelante. Quizás, debería pensar, un poco, en su futuro; digo aclarando las cosas: pensar en hacer su propio negocio, por ejemplo. Tengo la madre de una amiga que tiene una pequeña tienda y, con eso, se da todos los gustos. Y eso, sin pedirle nada ni deberle a ningún hombre.

— ¡Quizás, tenga razón! Pero, ¿cómo?

Aquel comentario elevó, al ciento por uno, la estima de aquella joven de más o menos treinta años. En un momento, cómo estaba con los pies juntos frente al muchacho, éstos se deslizaron en medio de los pies de chico. Automáticamente, se pegaron calentándose mutuamente. Aquel gesto, no pasó, desapercibido, por ambos.

Un poco nerviosa, la mujer los retiró de inmediato. Luego, poniéndose de pie, le dijo que tenía que marcharse para preparar el almuerzo de su hijo. Antes de irse, el chico se disculpó; si la había ofendido. La mujer, le dijo que, no se preocupara, porque no había pasado nada.

A los minutos, el chico escuchó que alguien hacía algo en la cocina. Ésta estaba al costado del garaje. Se levantó, con la camisa desabotonada, y fue a averiguar, necesitaba pedirle un favor a la muchacha. El joven, no quiso ser indiscreto y, se acercó, con cuidado para que no lo viera; pero la mujer, en ese momento, se acercaba a la puerta de la cocina. Al verse, frente a frente, se asustaron. La mujer se llevó la mano al pecho y respiró profundo, como deseando tranquilizar su corazón.

— ¡Me asustó!

— ¡Perdón! ¡No quise asustarla!

— No me lo esperaba, creí que estaba durmiendo. ¡Qué boba soy! Con toda la bulla que me manejo, no lo he dejado dormir. ¿Verdad?

— ¡No se preocupe!

— ¡De veras!

— Me levanté porque quería preguntarle algo.

— ¿Diga? ¡Para qué soy buena!

— Como me he quedado sin ropa, pensaba que a lo mejor conocía un lugar donde pudiera comprar algo bueno, bonito y barato.

— ¡Creo que sí! Si gusta, mañana lo llevo a una tienda cerca de la terminal.

— ¡Gracias! —Se abrió la camisa y sacudiéndosela, le mostró que estaba sucia.

— ¿Quiere que se la lave? Mañana, estará, seca.

— Si me dice dónde, lo haré yo mismo. No quiero molestarla más de lo que he hecho.

— ¡No es molestia! ¡Quítesela!

El joven le hizo caso y quedó con el torso descubierto. La mujer le echó un vistazo rápido y le gustó, una sonrisa nerviosa la delató. Quiso meterse en la tarea de lavar los platos para dejar de pensar cosas perturbadoras.

— ¡Sólo termino esto y, luego, la lavo, *okey*! —Le dijo sin mirarlo.

— ¿Puedo ayudar con el quehacer? —Se acercó y agarrando una manta seca, agarró los platos y se puso a secarlos.

— ¡No es necesario!

— ¡No me molesta; de paso, me hace sentir útil!

— ¡Bueno! Entonces, vaya poniéndolos ahí. —Le mostró el armario, la alacena.

La chica estaba con ropa de dormir: un camisón de flores llamativas, algo largo, cerca de las rodillas. Desmangado, pero con tirantes gruesos; un cuello redondo le bajaba hasta la orilla de los senos. Su cabello lo tenía suelto y llegaba, *una cuarta*, abajo del cuello.

Mientras hacía el lavado y secado de los trastos, hablaban de sus cosas y, de vez en cuando, sus brazos se rozaban. Una corriente eléctrica recorría en cada toque ambos cuerpos. Era agradable aquel sentimiento que percibían, aunque ninguno de los dos quería demostrarlo.

En un momento dado, la muchacha tenía mucho calor, con el ejercicio, y quiso hacer un nudo, con el cabello, porque cada vez que bajaba la cabeza, le caía en la cara. Subió sus manos y, al hacer ese gesto, el vestido se le abrió por los costados. Le mostró, delicadamente, uno de los senos y, al darse cuenta, no supo qué hacer. El Roro, mostrando un poco de caballerosidad, se hizo el desentendido. Se colocó detrás de la dama y le dijo:

— ¡Permítame! Siempre he querido hacer esto.

Quiso hacerle, el nudo de caballo, sobre la cabeza. Aunque no quedó perfecto, el hecho de hacerlo provocó mucha admiración en la joven. Siguieron con la tarea y, hasta llegaron a bromear un poco, al mojarlo en el pecho cuando le ofreció un plato que llevaba agua. Tuvo la intención de secarlo, pero se quedó en el intento. Sintió vergüenza. El

Roro, quiso provocarla, y la retó a qué lo secara porque había sido ella quien lo había mojado. Abrió los brazos y le mostró el pecho que poseía algunos cabellos que comenzaba a ponerse negros y gruesos. Sofía aceptó el reto y lo secó rápidamente, no sin antes sonrojarse.

La mujer se apresuró a terminar de lavar y, al darle el último plato, agarró la camisa y se dirigió al lavadero. Al ratito, el joven se le estaba uniendo. Se le quedó mirando porque, al estar inclinada, su trasero se levantaba y el camisón se volvía *guangocho*. Desde donde estaba, podía ver fácilmente el seno que le bailaba con cada movimiento que hacía; igualmente, su calzón se le dibuja perfectamente en su nalga. Por un momento, sintió, un fuerte, deseo sexual. Respiró profundo y cerrando los ojos, le dijo:

— ¡Creo que la voy a ir dejando! Puede venir, su tía, y me regañe, me dijo que no entrara a la casa.

— ¡Creo que es mejor! ¡Buenas noches! — La agradeció aquel gesto porque se sentía un poco incómoda al sentir la mirada sobre ella.

El muchacho se fue y la mujer se quedó terminando de lavar la camisa. Una sonrisa maliciosa le invadió su rostro, hacía mucho tiempo que no experimentaba algo parecido. Desde que tuvo aquel romance con el padre de su hijo.

Como, el *gusanito* de la tentación, estaba latente; al terminar decidió llevar la prenda mojada al garaje para que, por la mañana, la utilizara. Un buen pretexto para ir a verlo. El joven le agradaba mucho y deseaba saber por qué tal atracción.

Al llegar lo vio en la misma situación, enrollado hasta el cuello con la sábana de lana. Le sonrió y le dijo, colocando la prenda sobre un alambre:

— La, retorcí, bastante; espero que se sequé. Aunque, con este frío, no sé si se secará.

— No se preocupe, si se secará. ¿Y usted no tiene frío?

— Un poco, pero es porque me moje las manos y me cayó algo en los pies. ¿Quiere que le traiga otra colcha?

— No, con esta me basta. —Se le quedó mirando y la joven lo cachó.

— ¿Qué pasa? —Le sonrió.

— ¡Nada! Que usted es una, linda, persona. ¡Mi ángel! Me preguntaba sobre lo que dijo su tía.

— ¿Qué dijo? — Se le acercó y se sentó en el banco, como la última vez. Cerró los brazos, bajo sus senos, y se quedó esperando la respuesta, muy curiosa.

— Que no sabe ¿por qué no tiene hombre a su lado? Siendo hermosa. Dice que, a lo mejor, se ha cerrado al amor y se niega a sufrir otra vez.

— ¡Eso, dijo! Mire, mi tía, cómo es de *chambrosa.* —Sonrió y con la misma puso, un poco, de seriedad.

— Será que no me considero bonita y, quizás, no me interesa algo serio. Así, cómo está mi hijo, menos. Hablando de eso, ¿qué pasó con mi hijo? Me di cuenta de lo que pasó al encontrarse. Por favor, no me mienta.

— Nada. —No deseaba hablar.

— Por favor, si me aprecia; no me oculte nada. ¿Fueron ellos?

El Roro, solamente confirmó moviendo el rostro.

— ¡Me lo imaginaba! ¡Lo, siento! Veré cómo recuperó sus cosas.

— No haga nada, la verdad no tenía gran cosa, sólo mi ropa.

— En otras palabras su tesoro material. Y eso, es bastante, para alguien que no tiene nada. ¡No sé qué hacer con él! Siento que, lo estoy, perdiendo. — Se puso sensible y con, los ojos, *brillosos*.

El joven al verla mal, se le acercó y la abrazó, con mucha delicadeza, de las pantorrillas. Luego, le dijo:

— ¡Ser madre no es fácil! Nadie enseña a ser padre, abuelo o hijo. Debemos aprenderlo a la fuerza y, muchas veces, aplicando lo que nos han enseñado. —Puso, su mentón, en las rodillas, y se le quedó mirando fijamente.

La mujer, le acarició la cabeza y le respondió:

— ¡Le juro que, lo he dado todo, para él!

— ¡No, lo dudo!

— ¿Será que le hizo falta la figura paterna?

— ¡Puede ser, pero nunca lo sabremos! Lo importante es que ha hecho su máximo esfuerzo. El fracaso o el triunfo, de su hijo, depende de muchas cosas. A su edad, la influencia de los amigos es muy fuerte.

— ¡Eso, es verdad! Esa *mara* con la que se junta no le trae nada bueno.

Sin quererlo, el chico, se puso a sobarle las pantorrillas por debajo de la sábana. La chica se hacía, *la de los tamales chucos*, y seguía hablando. El muchacho, aplicando la regla que dice: «*el hombre llega hasta dónde la mujer lo permite*», subió acariciando por debajo de las piernas. En determinado momento, la mujer abrió las piernas para que el hombre entrara. Con el tipo, casi, bajo sus senos, le dijo:

— ¿Le molestaría si le pido que me regale un abrazo?

— Para nada. ¿Me permite abrazarla? —Le dijo y se puso de rodillas.

Sacó sus manos y las colocó alrededor de la cintura; la abrazó fuerte metiendo su cara en medio de los senos. La mujer, lo abrazó con brazos y piernas. Por un momento, se quedaron callados, saboreando el calor del cuerpo del otro.

Luego, la chica, sintiendo algo de vergüenza, se soltó despacio y le dice:

— ¡Disculpe mi atrevimiento! Me dejé llevar por la situación.

— Al contrario, ¡gracias, por la confianza! ¡Espero, no haberla ofendido!

— ¡Para nada! Ahora es mejor que me vaya, antes que mi tía pueda extrañarme.

Sofía se fue rápido, aquel abrazó la había mojado por dentro y su cuerpo temblaba de alegría. Ese sentimiento la confundía. Al día siguiente, con el canto del gallo, el joven se levantó y se puso a arreglar la bodega. Al rato, la tía se levantó y, al escuchar el ruido se acercó al lugar. Sorprendida y agradecida, le dio la bendición a la tarea realizada. El lugar parecía otro y se veía más espacio. Aquello agradó grandemente a la señora.

Durante la mañana, no se hablaron porque la tía lo *tuvo como trompo*, de arriba para abajo. Apenas, le dio permiso para ir a comprar lo que necesitaba. En el camino se pusieron de acuerdo para ir a la escuela de maestros y solucionar su inscripción. Por la tarde, la mujer se fue para la catedral porque tenía clases de confirmación.

A eso de las seis, con el permiso de la tía, fue a encontrarla. Al salir de clases, se encontró con una alumna muy guapa llamada Esther, con quien congenió rápidamente. La acompañaron a abordar el bus que la llevaba en dirección opuesta, ella vivía en la colonia llamada: El Palmar, cerca del estadio de fútbol donde jugaba el equipo de la ciudad, el FAS.

Al regresar a casa, se pusieron a hablar de sus cosas y, la muchacha, sacó a relucir el tema de su futuro. Toda la noche le había pasado *metiendo coco* y no veía muchas alternativas. Casi, cómo pensando en voz alta, dijo:

— Mi tía no estará toda la vida con nosotros. Si un día me falta nos veremos en apuros. Ella tiene razón en preocuparse porque nos quiere. Pero, ¿qué puedo hacer?

— ¡No se preocupe tanto, solamente fue un comentario de su tía!

— Últimamente, no se ha sentido bien. Ahí, donde la ve, es el pilar de este hogar.

— Debería pensar en tomar las riendas del negocio. O tal vez, hacer el suyo, poco a poco.

— No entiendo, ¿a qué se refiere?

— Una amiga decía que, en los negocios, se necesita ser creativo y visionario. Se agarra una idea y se desarrolla, si funciona bien; sino, se busca otra. Eso sí, lo mejor es, ser intermediario porque ese se lleva toda la plata. Ni productor ni comprador. Algo así cómo un puente que ayuda a los dos extremos a estar en contacto.

— *Barájela*, despacio, porque casi no le agarré nada.

— Por ejemplo, pude observar algunos detalles en la tienda: mucha gente llegaba a comprar cosas y no las tienen, poseen muchas cosas que no se venden. Muchos alimentos que se pierden como: las frutas, el pan y algunos cereales. Además, pude comprobar que tiene un ángel para los negocios. Al comprar mi ropa lo aprecie en todo su esplendor. No sé, algo podríamos hacer con todo eso.

— Cómo hacer batidos de fruta fresca, *charamuscas, chocobananos*, emparedados, etc. —La mujer pareció escaparse en sus ideas. Su rostro resplandeció de alegría. Lastimosamente, llegaban a la tienda.

Ayudaron con los últimos clientes y cerraron. En eso estaban, cuando Sofía preguntó si su hijo había llegado, la tía le respondió que estaba en su cuarto. Los dejó en la tienda y se marchó. Luego, se dirigieron a la cocina para cenar algo. Como, Sofía se tardó en regresar, ellos comieron. La madre estaba dándole una buena *chamarreada* a su hijo.

Al rato llegaron a la cocina, el Juancho llevaba la mochila del Roro. Al verlo, se la ofreció poniéndola en la mesa del comedor. La madre, le pego en la espalda, en signos de obligación, para que pidiera disculpas.

La tía, en esa ocasión, se quedó escuchando desde el lavaplatos sin intervenir. El Roro agarró su mochila y la verificó, estaba vacía. Mirándolo, le dijo:

— ¡Acepto tus disculpas! Pero la mochila continua vacía. En ella tenía ropa y dinero, calculo que todo eso me costaba unos cincuenta colones. ¿Quién me los pagará tú o tus compañeros? Cómo no conozco a tus *cheros*, tú responderás por ellos. —Lo dijo con una voz grave, varonil y sólida.

La madre quiso intervenir, pero el joven intervino haciéndole una señal, le bajó un párpado, para que no lo hiciera. El cipote no quería aceptar el cargo que se le impugnaba.

— ¡Te hablaré de hombre a hombre! Sin mucha *paja*. Ya no eres un niño, tienes trece, verdad. Entonces, es hora de comportarte, como tal. En esta casa te necesitan, tus mujeres te necesitan. No eres un invitado que está aquí de paso, como yo. Tú eres miembro de esta familia y como tal, tienes que colaborar en el hogar. Tu madre se rompe *el lomo* haciendo todo el trabajo y tú te comportas como un *señorito*. ¡Oye! Ya basta de tanta haraganería. Tienes que dejar de ser un parásito que sólo chupa sangre, como el azadón, sólo para adentro. Los cincuenta pesos son solamente una cifra, pero no me puedes pagar los golpes que recibí de los soldados, la congelada que me pegué al dormir afuera y, el miedo, de quedar muerto en cualquier esquina. Te propongo algo, págame con tus notas. ¿Cuántas, materias llevas? Siete. Pues bien, cada punto en la nota es un peso. De aquí al final de mes, sacaremos cuentas. Si hago bien las sumas, tienes que llevar un promedio de siete para que me pagues.

— ¡Está, bien! Lo, haré. —Respondió, un poco, enojado el bicho.

— ¡Espero estar hablando con un hombrecito! ¿Puedo confiar en tu palabra?

— ¡No se preocupe que le pagaré! —Le respondió serio .

El cipote se retiró, de la cocina, enojado. Al marcharse, Sofía casi se lanza para abrazarlo. Estaba tan emocionada que, no cabía, en sí misma. El discurso la conmovió y, quizás, deseaba que alguien le pusiera las cosas sobre la mesa al hijo. La tía, igualmente, aprobó las palabras. El Roro les hizo señas que se mantuvieran calladas para que no las escuchara.

Las mujeres terminaron agradeciéndole lo que había hecho y esperaban que el cipote recapacitara. La tía un poco desconfiada dijo:

— *El que a mal palo se arrima, mal acaba. No se le pueden pedir peras a un mango.* Dudo que cambie, pero ya veremos. Yo ya tengo sueño, me voy a dormir. ¡Buenas noches! — La tía se dirigió a su habitación.

— Pero, para las madres, la esperanza es la última que se pierde. De todas maneras, muchas gracias. Le cuento que, hasta, me emocioné al escucharlo. Agregó Sofía.

— Sólo espero que *el tiro no me salga por la culata*. Lo que quiero que sepa es que lo hice con toda la buena intención de ayudar.

— Lo sé y lo agradezco. ¿Quiere un café o una tisana?

— Si tiene yerbabuena, lo acepto.

La mujer se puso a hervir el agua, mientras el tipo la veía trabajar. Luego, sirvió las dos bebidas y se sentó a su costado.

— ¡Quiero que sepa que yo le pagaré lo mi hijo le robó!

— No diga tonterías. Usted no me debe nada.

— ¿Es verdad que lo golpearon los soldados?

— Exageré un poco, pero me pegaron un culatazo nada más. —Abrió la camisa para mostrarle el golpe.

La mujer al ver el *morete*, se lo acarició con la mano. Le pidió, disculpas y le preguntó si le dolía todavía para curarlo. Mientras lo tocaba con la mano, el joven la tocaba con la pierna.

— ¡Le pondré algo! —Quiso levantarse.

— No, me basta con que ponga su mano caliente. Póngala en la taza y luego en el golpe. Se siente rico. —Le tomó la mano para ponerla en la costilla.

Al rato, la mujer retiró la mano y se levantó, se sintió bastante emocionada y quiso calmarse.

— ¡Creo que es hora de dormir! —Dijo, el chico, tomándose el último sorbo de la bebida.

— ¡Creo que sí! ¡Gracias por todo!

— Es un placer. No es nada con lo que usted hace por mí.

— No es gran cosa.

— ¿Quiere que ayude a terminar de lavar?

— No es necesario, son muy pocos. Mejor, vaya a dormir.

— Trataré, pero no creo que lo haga tan rápido. La noche está tierna.

— Yo, tampoco.

— Entonces si desea hablar sólo tiene que tocar la puerta. —Le bromeó.

— Bueno, así lo haré.

A eso de las diez de la noche, cuando todos dormían, Sofía estaba llegando al garaje.

— ¿Está dormido? Estuve, oyendo, las noticias y escuché que hará mucho frío esta noche. Le traje, otra sábana para que se proteja mejor.

— ¡Gracias! ¡Qué haría, sin usted! ¿Tampoco puede dormir? — Se puso de pie y se sentó en la banca al costado de la mujer. Ella llegaba con la misma prenda de dormir que la noche anterior.

— ¡Tengo bastantes cosas en que pensar! Me gustó la plática que tuvimos al regresar de la Catedral y, eso, me dejó varias inquietudes. ¡Creo que le propondré a mi tía un negocio! Le compraré la fruta madura, haré licuados para venderlos en la escuela de mi hijo. También, puedo agregar emparedados. Lo único que necesito es una licuadora nueva, porque la de mi tía, es vieja. Y quizás, un poco de dinero para comprar otras cosas. Veré dónde puedo lograr que me presten alguna plata para comenzar mi negocio. ¿Qué piensa de eso? — Lo volteó a ver.

El Roro se había quedado, como encantado, al escucharla volar en su imaginación. Era hermoso ver a alguien tratando de perseguir sus sueños. La mujer, se sentía cómoda, al lado del joven que, hasta, había levantado las piernas para apoyar sus pies sobre la pared.

El muchacho había hecho su *rinconcito*, detrás de un montón de cajas, sacos y *tanates* de víveres. Aunque era reducido el espacio, era capaz de acostarse recto pegado a la pared.

Como no le contestó rápido, le preguntó:

— ¿Qué pasa? ¿Por qué me mira de esa forma?

— ¿Cómo?

— ¡No sé, de ese modo? — Le sonrió suave. ¿Dirá que estoy loca, verdad?

— ¡*De médicos, poetas y locos, todos tenemos un poco*! Lo que sucede es que me gusta verla hablar de esa manera. Se ve contenta y feliz. No la había visto así antes. ¡Qué bueno!

— ¡Usted tiene parte de culpa! Me ha dado alas para este vuelo.

— Las alas, las tenía, solamente, las ha extendido.

— Usted me ayudó. Reconózcalo.

— Es verdad, lo acepto, algo tuve que ver.

— Hace mucho tiempo que no me sentía así. Positiva y con ganas de vivir.

— Me extraña porque desde que la conozco; me parece, una mujer, fuerte espiritualmente hablando, muy bella por fuera como por dentro.

— ¡Gracias por lo bello, por dentro, porque por fuera no me veo tan bonita!

— ¡Lo, es! He visto como, los hombres, la ven al pasar. Eso significa que es hermosa para el sexo opuesto.

— ¡Los hombres! —Respiró profundo. ¿Sabe que solamente he tenido un hombre en mi vida? El padre de mi hijo.

— ¿Lo, quiso, mucho?

— Quererlo, no lo sé. Amarlo, estoy segura que no. Fue una cosa loca de mi juventud. Usted sabe, el deseo de probar lo que es prohibido. Soy fértil y, a la primera, quedé en cinta. El tipo se asustó cuando se lo dije y se marchó del lugar. — Subió los hombros como alguien decepcionado.

— ¡Entiendo!

— Siendo joven, uno no conoce las reglas, los compromisos ni las consecuencias de los actos. Por eso, me gustó, la manera, cómo le habló, a mi hijo. Si me hubieran dicho una manera de protegerme, no me hubieran preñado. Hoy, con los años, me doy cuenta de que existen muchas maneras, aunque casi ninguna es segura al cien por ciento.

— Pero al menos, se hace con más precaución.

— ¿Y usted, tiene hijos? De seguro, dejó a alguien suspirando por esos lugares.

— No tengo hijos, ni dejé a nadie suspirando. Yo soy honesto y claro. La chica que tenía sabía cuál era mi camino: ser profesor. Medio año de estudios, medio año de prácticas y, luego, esperar que te envíen a cualquier rincón del país. Ella sabía que un día me iría. Al final, terminamos como buenos amigos. El tiempo dirá si volvamos a vernos.

— ¡Creo que es mejor así! De ese modo, ninguno de los dos sufre un desengaño.

— ¡Verdad que sí!

— Eso quiere decir que, solamente, lo tendremos seis meses por estos lados.

— Más o menos.

— Desde ya, me hará falta.

— Creo que el sentimiento es igual. Me gusta mucho. ¡Es una mujer muy hermosa y agradezco, al cielo, haberla encontrado.

— ¡Gracias! Lo mismo digo.

El Roro, le colocó la mano sobre la mano que estaba sobre la pierna. La mujer, en respuesta, puso su otra mano y, apretó, la del joven. Luego, le dijo:

— ¿En verdad cree que soy bonita? ¿Cómo, mujer? —Se mordió los labios y se le quedó mirando.

— No es bonita, es hermosa. ¡A mí, me gusta!

— ¿Y qué es lo que le gusta de mí?

— ¿No se ofende si se lo digo?

— ¿Por qué me voy a ofender?

— Lo que más me gusta es su trasero, es *redondito*. Sus piernas casi no se las he visto porque siempre se pone vestidos largos y flojos; sus ojos son expresivos, sus labios son carnudos y, sus senos, se ven tentadores.

— ¡No son muy grandes!

— Tampoco son pequeños y supongo de que no dio de mamar. Sus pezones no son tan grandes.

— Es verdad, me costó que bajara leche; después, el niño no quiso agarrar el pecho.

— ¿Se molestaría si le doy un beso? — Quiso acercar su boca.

— ¡Un beso! — Le puso la mano abierta sobre los labios. ¡No lo sé! Mi tía puede venir.

— *Un piquito.*

La mujer se puso un poco nerviosa y comenzó a mover sus piernas suavemente. Sus manos comenzaron a humedecer y las colocó, en las piernas, moviéndolas de arriba hacia abajo y viceversa.

— ¡Dirá que soy una inocentona! Hace tiempo que no beso a un hombre. ¡No puedo besar! Me da vergüenza aceptarlo. Una mujer de mis años.

— ¿Quiere que aprendamos juntos?

— ¡No lo sé! Tengo miedo de que me guste.

La mujer respiró profundo, cerró los ojos y tirando, su cuello, hacia atrás. Dijo:

— ¡Usted me hace pensar y sentir cosas!

En ese momento, el Roro se puso a besarle suave el cuello; luego, bajó delicadamente por el hombro. Cada, toque de sus labios, provocaba insistentes temblores en todo su cuerpo. Aquellos movimientos internos, parecían deshojar partes de su piel. Cada vez se liberaba de pensamientos malos y una exaltación placentera la acercaba al Dios verdadero, al del amor. Esa unión mística le ponía en suspensión todos sus sentidos.

Le bajó el tirante, con una mano, y se dirigió, *beso a beso*, hacia el pecho más cercano. Al mismo tiempo, colocó la mano sobre la pierna más cercana. La metió bajo el camisón, subió, como una pequeña rima, provocando versos nuevos. Se posicionó en medio de las piernas en sinfonía y elegante; sutil y apasionado. La mujer se negaba a abrir los ojos, por miedo a detenerlo; simplemente, decía: «qué hace», pero más parecía decir: «no se detenga»

Con el permiso, del que todo lo puede; si no hay impedimento. El Roro, subió, poco a poco, hasta tocar las estrellas con las manos. La explosión interior hizo que vibrara muy emocionada. Lo apretó muy fuerte contra ella y se quedó callada, disfrutando de aquel momento. Luego, lo soltó y le dijo:

—Usted, ¡lo que me hace sentir! Nunca, lo había sentido. —Cerró los ojos y unas lágrimas salieron forzadas de sus párpados. Me ha dejado temblando.

— ¡Yo estoy, igual! Excitado. Mi corazón late, como un loco, enamorado. Y abajo,… desbocado.

La chica, abrió los ojos, y buscó el pecho, con la mano, para sentir latir el corazón. Luego, le dijo: Estoy, igual; se me quiere salir. El muchacho, igualmente, buscó el pecho; metió la mano, bajo el camisón. El otro tirante se deslizó, suavemente, dejando al descubierto el torso porque la prenda cayó desplomada sobre la cintura. El Roro se puso a sobar el pezón que no había tocado; con la punta del dedo pulgar comenzó a jugar haciendo pequeños círculos. Esa lección, la conocía de memoria. A los segundos, la mujer volvía a encenderse con una llama difícil de apagar. Su cuerpo exigía deseo y pasión, cada vez más.

— No sea malo. Ya me tiene de nuevo en sus manos. — Se volteó hacia él y le ofreció el otro seno. Respiró profundo y se encorvó hacia atrás.

El segundo, asalto del mismo combate, comenzó con la misma intensidad y terminó más fuerte. En su momento explosivo, la mujer lo apartó del seno y se entregó en un beso eterno. Apasionado y lleno deseo carnal. Era ella quien tomaba la iniciativa. Hubo de todo, menos penetración, porque cuando estaba bajándole el calzón, algo cayó en la cocina. Las acciones se pararon de inmediato y la mujer, saltó rápidamente. Se subió la ropa y se colocó a unos pasos de distancia. Su rostro mostraba miedo y espanto. El ser descubierta la martirizaba.

Trató de tranquilizarse y se dirigió a la cocina tratando de colocar bien su vestido. Quería averiguar si alguien estaba ahí y sí, la había visto. Para su tranquilidad, era un gato que husmeaba. Con los espíritus sobre la tierra, volvió pero para desearle las buenas noches. Ella sabía que no podía acercarse, por miedo a ella misma; la próxima vez, no se detendría.

Al día siguiente, se levantó muy trabajadora. Fue tan evidente su alegría que, su tía, se lo hizo saber. Siendo un perro viejo, supo rápidamente el motivo del cuento. *Diciéndole a*

Pedro para que lo entienda Juan, le dijo: «espero que la nueva visita no sea el causante de tal *risita*; acuérdate que es *un ave de paso*. Vive, sin quitar los pies de la tierra.»

La cipota, entendiendo el mensaje, pero para no ser, tan, evidente, le respondió que quería terminar temprano porque acompañaría, al visitante, a averiguar sobre su inscripción en la escuela de maestros.

Aquellas palabras, no pasaron de largo. Quedaron revoloteando como mariposas inquietas en su mente y su espíritu. La tía tenía razón, se estaba entusiasmando con el chico. Ella reflexionaba y creía que era la falta de contacto masculino o la cercanía del período mensual que la había afectado. Decidió, entonces, poner un poco de distancia con el muchacho para mantener alejada a la tentación. Mientras se mantenía concentrada, no tenía problema; pero, cada vez, que volvía a la escena, su cuerpo comenzaba a temblar de gozo.

Se fueron, a eso de las diez de la mañana, y se encontraron con la sorpresa que lo habían inscrito; sus clases comenzarían el lunes siguiente. Regresaron a la ciudad y aprovecharon para comprar lo necesario, para el inicio de clases.

En ese viaje, el Roro le había propuesto ser parte del negocio de la venta de jugos naturales. Le ofreció dinero para comprar una licuadora y unos billetes para el resto de la inversión. Como la mujer pensaba que no tenía plata, el tipo tuvo que explicarle que su madre, muy precavida, había arreglado su pantalón. Había hecho, alrededor de la cintura, unas bolsas. Por esa razón, había podido salvarlo del robo de la mochila.

Por la tarde, le metieron duro al trabajo para terminar temprano. Era día de clases de catecismo y, la joven, deseaba llegar antes al lugar, necesitaba hablar con el sacerdote.

A eso de las cuatro, estaban saliendo con el beneplácito de la tía. Como siempre decía: «No es bueno que, una mujer, ande sola por las calles, sobre todo de noche».

Como prometido, la muchacha, no había querido tocar temas personales y se mantuvo alejada de todo contacto físico. En el trayecto a la Catedral, el tipo le preguntó:

—Todo el día, la he visto triste y pensativa. ¿Le pasa algo? ¿Tiene que ver conmigo? ¿Por esa razón quiere ir a la iglesia, más temprano?

Con aquella sarta de preguntas, la mujer no pudo quedarse callada.

—¡Lo, siento! Esperaba que no se diera cuenta. ¡Lo, de anoche! Me dejo, inquieta. ¡No sé, lo que hice; me parece incorrecto! ¡Creo que debo confesarme!

—¡Lo que hicimos, quiere decir! Porque, yo participe en el asunto. ¡Ahora entiendo! Cuando dice que no es bueno lo que hicimos, ¿a qué se refiere? ¿A las caricias o el beso?

—A todo. ¿Creo que es pecado?

—¡Pescado! Eso, sólo lo he probado frito. —Una sonrisa burlona le saltó en el rostro.

—¡No es para tomarlo en broma! —Le respondió un poco enojada.

—¡Lo siento! No pude evitarlo, era demasiado tentador. Pero la verdad, ese asunto del pecado no lo tengo muy claro. Para mi ver, pecar significaba hacer algo grave, como: matar, robar o insultar.

—¡No es, sólo, eso! Es ofender a Dios, al prójimo, a uno mismo. En otras palabras, es una falta de amor.

—Entonces, ¿por qué se va a confesar? No veo ninguna falta de amor hacia Dios en las caricias y los besos; hacia los otros o hacia usted.

—¡Porque me siento mal!

—Se siente mal porque: se sintió bien o porque la ofendí.

—Ninguna de las dos cosas.

—Entonces, me deja más confundido. Usted me ha dicho que cree en un Dios de amor. Me pregunto: ¿El Dios, en el cual, cree: se ofendería porque usted encontró un poco de alegría en su vida? Porque ¿se sintió bien al sentir mis caricias, verdad? Una vez, una amiga, me dijo: me gusta el catolicismo, pero no los católicos. Hacen ver a Dios como alguien malo. Lo suplantan y se creen dioses, teniendo un pobre y raquítico corazón. Dicen cosas opuestas a su mandamiento de amarse unos a otros. No me gusta el Dios castigador, penitente y rencoroso que quieren mostrar; los, letrados y jerarcas, de la religión. Si Jesús vino por los pecadores, porque se les acusa, señala y condena. Hay tanta contradicción en la religión que, cada quién, hace su Dios, según su conveniencia.

Sofía se quedó, corta de palabras, al escuchar la manera de pensar del joven. Sintió que no estaba muy perdido y no supo responderle. El Roro, continuó, al ver que no le contestaba.

— ¡Esto de la confesión, no lo entiendo! Pero para su favor, hay muchas cosas que no entiendo —sonrió. Me pregunto: ¿Cuántas veces tengo que confesarme por el mismo hecho? Setenta veces siete o simplemente una vez. Le diría, confieso que me besaron; luego, al día siguiente, confieso que me volvieron a besar; y así sucesivamente. No lo veo muy lógico ni práctico.

— ¡Sólo, una vez! — Le respondió con voz baja.

— Entonces estaría fregado porque esperaba besarla esta noche.

— ¿De verdad? — Se le quedó mirando y su corazón se puso a palpitar fuertemente.

Por suerte, en ese momento, estaban llegando a las puertas de la Catedral. Ahí, la esperaba su alumna Esther, porque deseaba hablar con ella. Se saludaron y, luego se apartaron para hablar en privado. Al rato, la alumna se marchó y, con la mano, se despidió del chico.

— ¿Qué pasó?

— Nada. Era para pedirme permiso porque, parece que, tiene problemas familiares. Alguien se les perdió y temen que se haya muerto; por eso, su madre y ella, andan buscando hasta debajo de las piedras para poder darle noticias a la familia.

— ¡Qué alguien desaparezca de la noche a la mañana, no es novedad! En estos tiempos de guerra, los que desaparecen, sin dejar rastro, comienzan a contarse por millares.

— Sí, ojalá que al familiar no le haya pasado nada.

— ¡Esperemos que haya encontrado un ángel, cómo yo!

— ¡Usted y su ángel! No tengo nada de eso, soy… — No terminó la frase.

Un eco de culpabilidad flotó en la mente de la mujer y, queriendo, cambiar de rumbo la plática, le dijo que iría a buscar al sacerdote. En ese momento, la misa estaba a punto de comenzar. El Roro, que tenía tiempo, de no escuchar una celebración, se sentó en la última banca. Eso, con la idea de levantarse y salir huyendo, al menor sentimiento revolucionario en su interior.

En la distancia vio a Sofía haciendo una larga fila para confesarse. La mujer lo divisó y sintió un poco de vergüenza, se puso a rezar para concentrarse.

Al momento de la comunión, el chico se levantó hizo la fila y se dispuso a recibir la hostia. Cuando faltaban unas cinco personas, Sofía, lo vio y se enojó, porque se dijo que no debía hacerlo; no se había confesado y estaba impuro. Se salió de su fila y se dirigió a él para detenerlo; sintió la obligación por ser catequista. Al caminar, una alumna la detuvo para preguntarle algo. Ese tiempo sirvió para que el chico comulgara.

La catequista se enojó muchísimo, pero decidió ir a dar su clase para tratar de calmarse. Como a la hora, estaba de regreso, más calmada; sin embargo, aquello lo tenía atravesado en el *pescuezo*.

A los minutos de caminar, el joven supo que algo andaba raro y tenía que ver con él. Agarrando *el toro por los cuernos*, le preguntó:

— ¿Suéltela y dígame que pasa?

— ¿Por qué comulgó?

— Porque me invitaron. Acaso usted va a una cena y no come. Sería mala educación, no. Eso hice, participar del banquete del Señor. ¡Eso dijo el cura! ¡Dichosos los invitados a la cena del Señor! Yo me sentí invitado. Además, en el evangelio, Jesús dijo: Yo he venido por los pecadores, por los enfermos, por los olvidados, por los rechazados, por los que lloran, por los están solos, por torturados, los que me necesitan. — Como le había metido más de la cuenta, sonrió y agregó, agregando— ¡Bueno, el resto; lo dijo, el sacerdote! Según veo, ¡hice mal!

Al escuchar la respuesta, la mujer se volvió a quedar sin argumentos válidos para responder.

— ¡Creo que no! Es verdad que Jesús dijo que venía por los pecadores y no por los sanos porque esos no lo necesitan.

— ¡Mire! Yo sé que soy pecador y, quizás, de los más pesados. Casi nunca voy a la misa. Pero de una cosa estoy segura, tengo fe en el Dios del amor. Creo en Jesús y lo veo como mi amigo. Por eso, cada vez, que voy a una celebración comulgo, así no me haya confesado. Ya, lo hice una vez, cuando tenía siete años e hice mi primera comunión. Como pecador, lo prefiero dentro de mi ser y no fuera. Adentro me puede ayudar, a su ritmo; si lo dejo fuera, no creo que pueda ser muy efectivo.

La catequista pareció aceptar sus argumentos y prefirió cambiar de tema, su semblante había cambiado. Se pusieron a planificar lo del negocio que echarían a andar juntos. A eso de las ocho estaban llegando a la tienda, terminaron de cerrar el negocio y a las nueve estaban cenando.

Al rato, cada quien se dirigió a su dormitorio. El Roro, por su parte, aprovechó que no había nadie en el lavadero para lavar sus calcetines y sus calzoncillos. Cuando los estaba retorciendo y preparándose para ponerlos a colgar, la muchacha se presentó. Esta vez, con nueva ropa de dormir. Al verlo, le preguntó:

— ¿Por qué no me lo pidió? Se los hubiera lavado con mucho gusto.

— No quise molestarla, ya ha hecho bastante. Además, es mi ropa interior y me dio *pena*.

— No se preocupe por eso, estoy acostumbrada. En mi casa me ocupada de la ropa de mi padre y de mis hermanos. Aquí, la de mi hijo.

— ¡Ya, veo! De todas maneras, terminé.

— También quería aprovechar para disculparme… ¡Por mi enojo!

— No se preocupe, ni se *haga tripas* por eso. Al contrario, admiro su celo en proteger la religión que profesa.

— Sí, pero usted tiene razón. A veces, nos creemos dioses y juzgamos a medio mundo. Imagínese, un ciego queriendo guiar a otro ciego.

— La verdad, soy un ignorante de la fe. Y en mi vida, trato de seguir según lo que me dicta el corazón. Amo a Dios porque me demuestra, a cada momento, su existencia y su amor por mí; trato de no hacer daño a mi prójimo y, en lo que puedo, me cuido. Según sé, ahí radica el mandamiento más grande.

— Para no ser practicante, su fe es más viva que la de algunos.

— Eso sí, sigo siendo humano y de sangre caliente. Por eso, no puedo dejar de decirle que se ve guapa.

La mujer, tenía puesto, una bata de seda negra que escondía una *pantaloneta* de hilo dental, con su blusa transparente. La chica se había vestido de esa forma a propósito.

— ¡De verdad, le gusto! —Se sonrojó.

— Sabe… ¡quiero besarla! — Se lo dijo suave y en un murmuro romántico.

— No comience porque me hace vibrar por dentro. Y no quiero…

— ¡Pecar!

— Eso. —Se mordió los labios.

— Bueno. Entonces, me quedaré con las ganas. No quiero ser culpa de tropiezo en su fe.

— No será, sólo, su culpa; también, seré parte de la culpa. —Casi, en una voz inaudible, agregó: ¡Yo también quisiera un beso!

— ¡Entonces, hagamos una cosa! Nos besamos y si se siente mal, paramos.

— ¡Bueno! —Le dijo, con una sonrisa delicada, y se acomodó en una esquina oscura queriendo ocultarse un poco.

El Roro, se aproximó despacio y, tomándola por la cadera, se le pegó. Se besaron intensamente por varios segundos; luego, se separó y pregunto si seguía. La joven mujer, le dio su bendición buscándole los labios.

Desde ese momento, ambos jóvenes comenzaron a acariciarse como dos seres humanos necesitados de un poco de amor. La mujer explotó varias veces, pero se negó a hacer el amor de pie. Le dijo que todavía no se sentía lista. Se abrazó fuerte a él y, luego, se separó. Discretamente se fue para su cuarto. En ese momento, una tormenta comenzó a azotar la ciudad que la detuvo a medio camino.

La chica se acordó que en la tienda había goteras y se lo mencionó. Ambos cruzaron el patio y se fueron a tapar los hoyos. Pusieron recipientes, en aquellos lugares sin arreglo, y trataron de acomodar las cosas para evitar que se mojaran.

Todo aquel ajetreo los alejó del tema personal. A la media hora, bastante mojados, pudieron terminar con todo. La lluvia no cesaba de caer. Con frío, ambos se cruzaron los brazos y al verse, se pusieron a reír. Contentos de hacer cosas en pareja.

— ¡Veo que tiene frío!

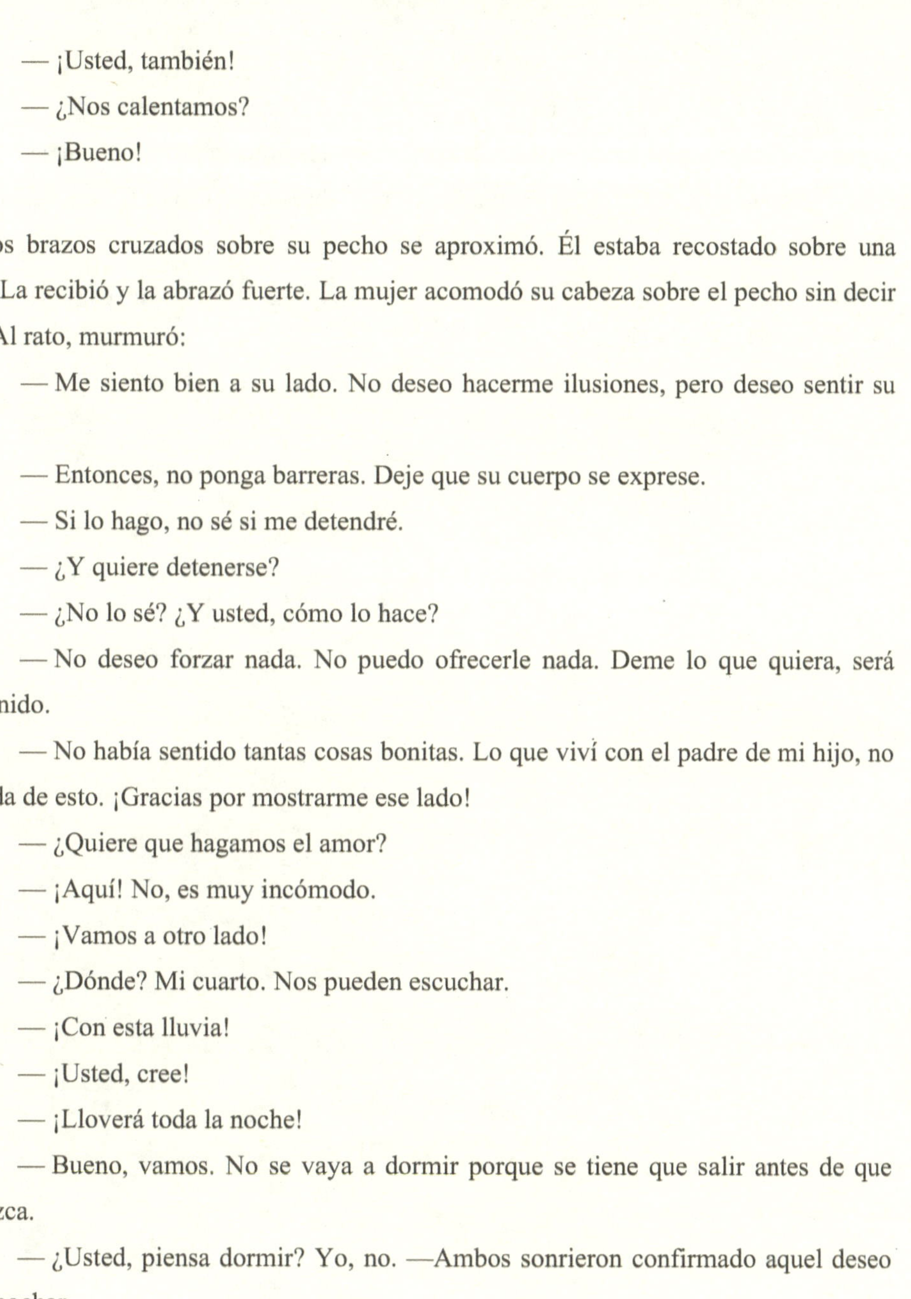

— ¡Usted, también!

— ¿Nos calentamos?

— ¡Bueno!

Con los brazos cruzados sobre su pecho se aproximó. Él estaba recostado sobre una pared. La recibió y la abrazó fuerte. La mujer acomodó su cabeza sobre el pecho sin decir nada. Al rato, murmuró:

— Me siento bien a su lado. No deseo hacerme ilusiones, pero deseo sentir su piel.

— Entonces, no ponga barreras. Deje que su cuerpo se exprese.

— Si lo hago, no sé si me detendré.

— ¿Y quiere detenerse?

— ¿No lo sé? ¿Y usted, cómo lo hace?

— No deseo forzar nada. No puedo ofrecerle nada. Deme lo que quiera, será bienvenido.

— No había sentido tantas cosas bonitas. Lo que viví con el padre de mi hijo, no fue nada de esto. ¡Gracias por mostrarme ese lado!

— ¿Quiere que hagamos el amor?

— ¡Aquí! No, es muy incómodo.

— ¡Vamos a otro lado!

— ¿Dónde? Mi cuarto. Nos pueden escuchar.

— ¡Con esta lluvia!

— ¡Usted, cree!

— ¡Lloverá toda la noche!

— Bueno, vamos. No se vaya a dormir porque se tiene que salir antes de que amanezca.

— ¿Usted, piensa dormir? Yo, no. —Ambos sonrieron confirmado aquel deseo de trasnochar.

La mujer le sonrió y agarrándolo de la mano, lo condujo a su habitación. Era grande y cómoda. Las paredes de ladrillo seco, apenas dejaban pasar el ruido de la lluvia. Esa noche, hicieron el amor cuantas veces quisieron. A eso de las cuatro de la mañana, como un gato nocturno, estaba dejando el cuarto para dirigirse a su rincón.

Los siguientes días de la semana, no fallaron a sus reuniones secretas. Los lugares dejaron de tener importancia para hacer el amor. Solamente, el primer día de la regla, los detuvo. Por suerte, sólo era un sangrado no muy abundante. Con ella comprobó que el deseo sexual se intensificaba en esos días. Sofía quería aprovechar todos los minutos que le diera. Durante el día, inclusive, lo hicieron cerca del lago de Coatepeque, en una salida, exprés, no estaba lejos del lugar.

RECUPERANDO UNA FAMILIA

El lunes, muy temprano, se preparó para asistir a clases. Un poco nervioso se presentó a la escuela, su aula de clases y buscó un lugar cerca de una ventana. Él amaba el movimiento; por esa razón, cuando el aburrimiento lo atacaba, echaba un vistazo al exterior y eso parecía renovarlo de energía positiva.

Un día antes, había hablado con Sofía y su tía, les había agradecido la acogida en su hogar. Quiso poner las cosas claras, diciéndoles que, su prioridad, eran los estudios y, por lo tanto, trataría de buscar un lugar para vivir. Por mucho que amara estar ahí, no era cómodo estudiar. Eso sí, le pidió a la tía, la posibilidad de seguir trabajando con ellas ciertas horas y los fines de semana. Todos estuvieron de acuerdo y no hubo inconvenientes.

Las clases eran muy intensas y serían, casi todo el día. Entraban a las siete y media y salían, alrededor de las cuatro. Sofía le había preparado unos emparedados y un licuado para el almuerzo. Por la mañana, le costó mucho entrar en sintonía con los profesores, parecía que corrían dando su clase. Era como estar en otra liga. Trató de seguir el hilo y aplicó el método de estudios que le había mostrado la Negra, su *chera*: tomar todas las notas necesarias, en clase; subrayar lo que el profesor ponía importancia y tratar de no distraerse. La otra parte del método, lo aplicaría en casa.

Desde que puso un pie en clases, tiró líneas para tratar de tener una idea de los compañeros de clase. Por la manera de vestir, muchos jóvenes venían de la capital y de pueblos cercanos, muy pocos venían de lejos.

Al medio día, trató de buscar a alguien para buscar socializar, un poco; otro huérfano se unió a él, el *Fumo*. Su nombre de pila era Francisco y era originario de Juayúa pero se quedaba en Santa Ana. El mismo se presentó con su apodo y le explicó que venía de «*fumarola*». El resto de la explicación, era innecesaria. Desde que salió de clases, no se bajó el cigarro de la boca. El único problema era que apestaba a tabaco por todos lados. Según él, con mascar chicle de menta, calmaba, *la patada* a cigarro.

A eso de las tres de la tarde, la secretaria de la institución, llegó a buscarlo porque en la dirección lo requerían. Un poco nervioso se dirigió al lugar detrás de la mujer que caminaba rápido con sus zapatos de tacón alto. Mientras caminaba, trataba de descubrir la razón de aquel llamado. La mujer no le había querido avanzar nada.

Cuando llegó, encontró al director sentado en su escritorio y, frente a él, una dama bastante joven. Al entrar, el señor le preguntó sin tantos *tapujos*:

— ¿Usted es Rodrigo Rodríguez?

— ¡Ése es mi nombre! ¿Para qué soy bueno?

— La señora aquí presente, está buscando un pariente, perdido. Los dejo para que puedan hablar, permiso. —El director se salió del local.

— ¿Así que usted es Rodrigo? Por casualidad viene de las costas de Ahuachapán y venía a quedarse, en la casa de un familiar. Mi madre es prima de su papá.

Al escuchar toda la información, el chico abrió los ojos grandes, como el sol. Su corazón se puso a palpitar fuerte y soltando una gran sonrisa de alivio, le respondió:

— ¡Soy, yo!—Al mismo tiempo, pareció reaccionar, preguntando: ¿Usted es mi tía o la hija de mi tía?

— ¡Creo que soy la tía! —Lo dijo con un tono de incomprensión. ¿Por qué? Aunque, supuestamente, somos parientes, un poco lejanos; según entiendo, la prima de la esposa de su padre es mi madre. ¡O algo parecido!

— ¡Lo siento! Lo que pasa es que la imaginaba mayor, no tan joven.

La mujer sonrió y, hasta, se sonrojó por aquel cumplido.

— ¡Gracias! Pero tengo mis años y una hija de dieciocho.

— ¡Así que usted es mi familiar! Perdone, pero ¿no escuché su nombre?

— ¡Perdón! Me llamo: Ruth y, mi hija, Sara Esther.

Al chico, le comenzó a parecer curioso que siempre que hablaba, la hija salía a relucir.

— ¡Ruth! No sabe, ¡qué alivio es encontrarla! Honestamente, creí que nunca la hallaría; hasta, dejé de buscarla. La verdad, cometí un error grave: Olvidé su nombre con la dirección o lo perdí. Me robaron y tuve que dormir a la intemperie. Por suerte, *diosito* puso un ángel en mi camino que me tendió la mano.

— Nosotras lo hemos buscado, por cielo y tierra. Enviamos un *telegrama* a su padre pero nunca nos contestaron. Quizás, no llegó. Pensamos que a lo mejor no había venido. Por suerte, la persona que me hizo el favor de inscribirlo, me abrió los ojos; diciendo que, si hubiera venido, posiblemente se presentaría a clases. ¡Por eso, estoy aquí!

Se puso las manos en el pecho y cerró los ojos, respirando fuerte; luego dijo:

— ¡Bendito, sea el Señor! Las velas que encendimos a todos los santos, nos ayudaron.

El Roro, al escucharla hablar, se dio cuenta que la mujer era muy religiosa y dada a los santos.

La mujer se comenzó a ver pálida, parecía que la presión se le había subido. Se sentó y le dijo:

— ¿Pensé lo peor? Lo hemos, buscado: por hospitales, puestos de policía, la morgue, etc. Lo estuvimos esperando en la terminal y, como no sabíamos su fisonomía, nos era imposible reconocerlo. Lo único que nos dijeron era que vestía de pantalón de lona, camisa cuadriculada azul y traía dos bolsas. ¿Cuénteme, qué pasó?

— ¿Se siente, bien? ¿Quiere que llame a alguien?

— ¡No se moleste! Fue una simple, subida, de presión; quizás, por la impresión. ¡Ya, está pasando!

— ¿Qué soy muy feo? — Le preguntó queriendo suavizar el ambiente.

La señora soltó una sonrisa ligera y le dijo:

— ¡No diga, eso! Fue el peso que se me cayó, al encontrarlo.

— ¡Discúlpeme por haberla asustado! Era la primera vez que venía a esta ciudad.

Luego, el muchacho, le contó su historia en varias líneas resumiéndole su aventura. Después, le dijo que tenía que volver a clases. Ella le dijo que lo esperaría. Necesitaban ponerse de acuerdo en varias cosas.

A las cuatro, estaba saliendo de clases. Ruth lo esperaba un poco ansiosa porque tenía que llegar a preparar la cena. Se pusieron a hablar y, al mismo tiempo, le propuso que lo llevaría a la ciudad, ella tenía un carro pequeño de cuatro puertas; Un «Toyota» mil, de segunda mano.

Cuando se subieron al auto, rápidamente el chico supo que era conducido por una mujer porque lo tenía limpio y olía a néctar de flores. Ruth, vestía un vestido azul, bastante formal: tallado a su cuerpo, mangas a medio brazo, escote pegado al cuello, con botones hasta la cintura y con una falda que llegaba hasta las rodillas. Eso sí, la *falda* tenía un *pijazo,* bastante, grande en una de las piernas que al caminar se le abría un poco.

Al acomodarse en el carro, ambos se pusieron los cinturones de seguridad, algo que nunca hacía. La mujer, se quitó los zapatos de tacón y puso una servilleta sobre el pedal. Al verlo sorprendido y sonriendo, le dijo:

— Lo que pasa es que no puedo manejar con zapatos, se me traba el pedal y podemos tener un accidente. ¿Manejas? —Lo tuteó.

— ¡Un poco! Pero no tengo licencia.

— ¡Qué lástima porque odio conducir!

Mientras, salía del estacionamiento y con los movimientos de los pedales, el pijazo se abrió y mostró la pierna blanca de la mujer. Los ojos del muchacho no pasaron desapercibido aquel incidente, la mujer trató de recomponer la prenda pero era imposible.

— ¡Discúlpame! No me acordaba que este vestido tiene una rajadura en mi pierna.

— No se preocupe por eso, lo importante es no tener un accidente; además, su pierna es muy bonita. —Esbozó una sonrisa.

— ¡Gracias! Pero me incomoda un poco. ¿Crees que puedes alcanzar una toalla que está en los asientos traseros?

— ¡Creo que sí! —El chico hizo una especie de contorsión y la alcanzó.

La mujer se la colocó sobre las piernas, pero al ratito la prenda estaba en entre los pies. Ruth quiso apartarla pero el vehículo se le fue hacia un lado. La nave zigzagueó un poco y ambos se asustaron. Al ver que ella entró en pánico, el chico trató de calmarla:

— ¡Tranquila! Concéntrese en el volante y yo veré como saco la toalla de sus pies. Lo siento pero tengo que agacharme. —Le dijo desabrochándose el cinturón.

— ¡Estaba bien! Creo que la toalla se ha trabado en el freno. Mire, cómo la saca.

— ¡Veré que puedo hacer!

Ruth puso quinta para no hacer cambios. El Roro se metió entre el *manubrio* y las piernas, le levantó la falda y se metió de cabeza. Con dificultad desenrolló la toalla. Por suerte, iban en una línea recta y todo quedó en una situación cómica.

Cuando se enderezó y se incorporó pudo observar que la mujer estaba con el vestido por un lado y con las piernas descubiertas.

— ¡Lo siento, pero tuve que hacerlo! — Le trató de componer la prenda.

— ¡Está bien, déjelo así! Era necesario. —La mujer con una mano se terminó de arreglar el vestido.

Mientras el tipo se ponía de nuevo el cinturón, la mujer le echó una mirada y sonrió, en son de broma, le preguntó:

— ¿Pero no era para verme que me levantó la falda?

— ¡No, cómo va a creer! —Se sonrojó.

— ¡Estoy bromeando! De todas maneras, mis piernas no son tan bonitas; están flácidas y con estrías.

— Pues no las sentí flácidas, ni vi ninguna estría. ¡A lo mejor debería volver a ver! —Hizo el intento de quitarse el cinturón.

— ¡No, no, no! —Dijo, la mujer poniéndose nerviosa.

— ¡Estoy bromeando! ¡Contrólese!

— ¡Creí que lo iba a hacer de verdad! — Agregó Ruth retomando el control del vehículo.

Desde ese momento, una complicidad se instaló entre los dos. El hielo se había roto y, ambos, se sintieron cómodos en ese tipo de relación.

— ¿Así que viene aquí tratando de ser alguien? ¡Qué bueno! Me gusta, la gente que quiere superarse. Por eso, a mi hija, le aconsejo que estudie mucho para poder ser alguien. Una profesión valoriza a la persona, la dignifica. Con esto no quiero decir que los trabajos no son buenos; pero un profesional es una persona que ha aprendido a dominar un área; se vuelve especialista. Para eso, ha tenido que estudiar mucho y el estudio provoca que la inteligencia se duplique.

— ¡Pues, sí! He venido a esta ciudad tratando de convertirme en profesor para poder tener una profesión que, pueda, dignificar mi vida. —Utilizó los mismos términos que la mujer había empleado.

— ¡Cuando me habló mi madre, me dijo que era por unos meses! ¿Es verdad?

— Según, entiendo. Son seis meses de formación teórica y seis de práctica.

— Seré clara con usted. El hecho de haber dos mujeres solas, me puso en qué pensar. ¡Usted comprenderá que tengo que proteger a mi niña!

— ¡Claro! Yo la entiendo muy bien. No se preocupe, estoy buscando un lugar porque igualmente, dónde estoy, no puedo seguir más.

— Uno de mis inquilinos, dijo que posiblemente dejaba el cuartos. Si ése, es el caso, se lo podría alquilar. ¿No sé si está en la capacidad de pagar un cuarto?

— ¡Por el momento, no puedo pagar mucho! Pero estoy buscando trabajo.

— ¿Dónde está, es un cuarto?

— No. Me han dado un espacio en la *cochera*.

— ¿En el garaje? ¡Cómo va, ser eso! Eso no puede ser. ¡Véngase ya, a mi casa! Aquí, al menos tendrá un cuarto para dormir. Luego nos arreglamos cuando el inquilino se vaya.

— La verdad, no quiero incomodar. Ni a usted ni a su niña. —El joven pensaba que la hija era alguien menor de edad. Aunque, le había dicho que tenía dieciocho.

Llegaron a la casa, cerca del parque El Palmar, en la colonia del mismo nombre. Metieron el vehículo en un pequeño *parqueadero* interior que daba directamente con la tienda. Era una mezcla entre tienda y restaurante, porque vendía almuerzos.

Según, le había comentado Ruth, la casa se la había dejado su madre, quien se había regresado al campo y la venía a visitar, de vez en cuando. Su marido, quien era un militar bien posicionado, se la había comprado cuando nació ella. El problema fue que el tipo, como sucedía con esos individuos de verde, tenía su *cuartel central,* en otra parte. Al morir éste, la madre no quiso saber nada de la casa.

Cuando Ruth salió en cinta, la madre se la dio en herencia para que se ayudara con su hija. Ésta, la dividió en dos partes para poder alquilar los cuartos y tener una entrada de dinero. Y puso, la tienda, para redondear el ingreso.

Al entrar, le dio un pequeño recorrido por la casa que parecía un rectángulo. Enfrente, estaba, la tienda y el garaje. Luego, la cocina-comedor y, a un costado, una pequeña sala. Pegado a la sala, el cuarto de Ruth; luego el cuarto de estudio y de planchar. Frente a él, un pequeño jardín. Seguía el cuarto de Esther y por último, un cuarto para la servidumbre. Frente a él, el lavadero y el baño. La otra parte de la casa, tenía cuatro cuartos, un baño comunitario y un pequeño jardín. Según, entendió, el último sería el destinado para él.

Después del recorrido, la mujer se metió en la cocina para preparar la cena. Mientras cocinaba, el chico se sentó en una silla del comedor. Luego, le dijo que tenía que marcharse porque su amiga se podría angustiar si no llegaba. Le preguntó la manera de llegar a la Catedral o a la terminal de buses. El resto era pan comido para él.

En ese momento, se escuchó que alguien abría la puerta de la calle. La mujer, le dijo que posiblemente era la hija. Ambos se quedaron con la expectativa *a flor de piel.*

— ¡Buenas, *mami*! — Dijo, la *cipota* poniendo su cartera y sus libros sobre un mueble.

— ¡Hola, hija! ¡Te tengo una sorpresa!

— ¡Roro! ¿Y qué hace aquí? —Le preguntó poniendo la cara de asombro.

— ¿Se conocen? —Quedó extrañada la madre.

— ¡Hola Esther! ¿Tú eres la hija de Ruth?

— ¡Se conocían!

— Es el amigo de mi catequista, Sofía.

— ¡Él es tu primo! Al que andábamos buscando.

— ¡Nunca me lo imaginé! Bienvenido a casa. — Se le acercó y lo abrazó fuerte.

Ruth se quedó más extrañada, no había visto a su hija actuar así. Al contrario, pensaba que la presencia del joven le molestaría.

— ¡Qué pequeño es el mundo! Sofía no me creerá, soy el familiar que buscaban.

— ¡Ya te mostró la casa mi madre! —Le tomó de la mano y se lo llevó.

La madre seguía sorprendida por la alegría mostrada por la hija. La falta de un hermano o primo era evidente. Y cómo no tenía primos cerca, el *cipote*, le cayó *como anillo al dedo*.

Al rato venían hablando como si se conocieran de años. La hija se mostraba encantada con el primo. Comieron y, al terminar, el tipo dijo que se marcharía para no llegar tarde. Esther se puso un poco molesta porque creía que se quedaría. La madre, le explicó, la razón y entendió. Sin embargo, lo acompañó hasta la parada de buses.

Al llegar a casa de Sofía, a eso de las siete de la noche; ambas mujeres, *estaban con el corazón en la mano*. Después, de una breve explicación, comprendieron y aceptaron el motivo. Ni habían comido por la angustia, así que se pusieron a cenar. El chico, simplemente, las acompañó y aprovechó para decirles que el día siguiente comenzaría a dormir en la casa de Esther. Sofía, todavía, no daba crédito al hecho de que, *la cipota*, fuera la prima. Quizás, por la plática, la mujer no había, *caído en la cuenta,* de que la presencia del joven sería, cada vez, más lejana. De repente, se puso un poco triste.

Durante la cena, el Roro quedó con la familia que siempre les seguiría ayudando. Según, sus horarios, solamente, quedaba libre un día por la mañana; uno por la tarde y los fines de semana, sino había tareas fuertes. Aunque, según, los profesores la formación sería todo un maratón, muy exigente.

Cuando ya todos se habían acostado, Sofía fue a buscarlo, supuestamente para hablar de sus cosas y sus proyectos futuros. Le comentó lo fructuoso que había sido el día: había vendido todos los jugos y varios profesores le pidieron que les llevara el almuerzo. El negocio estaba dando frutos.

Ambos sabían y aceptaban la realidad, la plática fue corta y concisa; sin muchos *tapujos*, se fueron para la habitación de la mujer para aprovechar aquella última noche. En el sigilo de noche, caminaron de la mano hasta llegar a la habitación. Ni siquiera encendieron las luces, ahí en la oscuridad, dejaron que sus cuerpos se expresaran de la mejor manera. A esas alturas, Sofía había dejado de ser mojigata, sus escrúpulos religiosos, los había dejado debajo de la almohada. Quizás, deseando aprovechar aquella oportunidad, fue la mujer quién tomó la iniciativa y, no paró de amarlo, hasta que, la madrugada, avisó que el *divo* debería regresar a su rincón.

Al día siguiente, alrededor de las seis de la tarde estaba llegando al nuevo hogar. Las dos mujeres lo estaban esperando como las primeras lluvias de mayo. Parecía que la primera impresión que, el muchacho, había dejado en dicho hogar, había sido favorable. La joven pensaba en un amigo y en alguien, de su edad, para compartir temas propios de su generación. La madre, por su parte, pensaba en el bien que podía hacer, la presencia masculina a la hija que, según ella, estaba imberbe con relación al sexo opuesto. También, en el fondo, veía el lado positivo de un hombre en el hogar. La cultura machista, las ponía vulnerables.

Como en el hogar, la que mandaba era la hija, sin mayores esfuerzos logró que mejoran las condiciones del cuarto que pretendían prestarle durante su presencia en la casa. Agregaron una lámpara de escritorio, una Biblia y, hasta, un *pichel* con agua.

Esther estaba entusiasmada con la llegada de su primo. Y le explicaba a la madre que era porque siempre ha estado sola y que no conocía familiares de su edad. Ella soñaba con tener un hermano o un primo cerca. A pesar de que, la mamá, quiso disuadirla para que no se entusiasmara, porque solamente estaría seis meses. La joven, agarró aquel consejo, por el lado positivo diciendo que tenía que aprovechar ese tiempo.

Cuando llegó, rápidamente le mostraron la habitación y lo hicieron sentir muy bien. Los tres se sentaron a la mesa para la cena y, antes de comer, las mujeres se tomaron de la mano para rezar.

El Roro, no estaba acostumbrado a aquel ritual de agradecimiento pero se adaptó, rápidamente, repitiendo la oración del: «Padre Nuestro». Comieron y no dejaron de platicar durante toda la comida, luego se pasaron a la sala para tomar el café.

Como a la media hora, Esther que era muy estudiosa dijo que tenía que ir a estudiar. El Roro, aprovechó para utilizar el mismo argumento para retirarse a su cuarto. Les preguntó, si se podía bañar y la madre, se dispuso a darle una toalla, jabón y *un paste* para restregar. Eso, con la intención que tuviera sus propias cosas personales. Antes que se retirara, le cantó las reglas de la casa, le dijo:

— ¡Quisiera poner claro ciertas reglas!

— ¡Dígame!

— Le voy a pedir mucha discreción y respeto. Recuerde que comparte casa con dos mujeres. No me gustaría que viniera tomado, nada de mujeres ni entrar tarde. Nosotras cerramos a las seis de la tarde, pero hasta las siete podría aceptar. Normalmente, nos acostamos temprano, salvo cuando mi hija estudia. ¡Ah! Nada de música alta ni juego de azar.

— ¡Mamá! Recuerda que no es un niño. Además, yo quería jugar a las cartas. Siempre me toca jugar «solitario» porque no tenía con quien jugar.

— ¡Por eso! ¿Está de acuerdo?

— No se preocupe, trataré de cumplir las reglas.

— No trate, cúmplalas.

— ¡Está bien! Las cumpliré.

— ¡Mamá, lo asustarás! Creerá que estamos en un cuartel o algo parecido.

— Es mejor tener las cosas claras desde el principio. Después no hay lamentaciones.

— ¡Por mi parte no veo inconveniente!... No bebo, no fumo; ni tengo novia y ni conozco a dónde ir de noche. Además, me pongo a sus servicios para lo que sea, soy todo uso.

— ¡De eso no tengo dudas! Y créame que lo utilizaré... cómo dijo, mi hija, «los brazos de un hombre son bien apreciados en esta casa». Entonces, iré por las cosas para que se bañe y quiero ver si todo está bien en el cuarto.

Los tres salieron de la sala y recorrieron un pequeño corredor levantado del piso. Las habitaciones estaban por todo lo largo. Esther caminaba delante y la madre de último dejando al nuevo inquilino en medio. Esther, mientras caminaba, se iba desabotonando la blusa blanca y moviendo armoniosamente sus caderas. Ella sabía que el joven la iba mirando. La mamá, conociendo a su hija, llamó la atención:

— ¡Niña! Espera llegar al cuarto para desvestirte. ¡Qué va a pensar Rodrigo!

— ¡Ay mamá! Tú crees que el Roro no ha visto mejores mujeres que yo. Además, ni le he mostrado nada.

— ¡Es posible! Pero niña, la mujer siempre tiene que ser más recatada. Los hombres pueden pensar cosas negativas de uno si actúa de otra manera.

— ¡Mamá! No me digas: niña; hace mucho que dejé de serlo. Casi tengo veinte.

— Para mí, siempre lo serás.

— Sí, pero, no lo digas, delante de la gente que me avergüenzas. ¡Qué pensará el Roro! ¡Qué soy una mojigata!

— No le digas: Roro, se llama Rodrigo.

— Yo lo conozco, con ese nombre. A mí me gusta y a él no le molesta.

El chico, solamente, escuchaba la discusión y sonreía. En el fondo se comenzaba a hacer una idea de la relación entre las dos mujeres. La madre era la consentidora y esclava; la hija, la reina del hogar.

Cuando llegaron al cuarto, quisieron encender el foco pero éste se había quemado.

— ¡No es posible, si lo acabo de cambiar! —Esther, lo había cambiado de nuevo.

— ¡Mamá! El Roro no se puede quedar aquí, al menos por ahora. Además, ¿cómo va a estudiar? Te propongo algo: que se quede en mi cuarto y yo contigo. Por una noche, nada más.

— ¡Estás segura! ¡No te molesta! ¡Eres un ángel!

— Será, solamente, una noche. Además, tenemos que estudiar y, de seguro, nos acostaremos tarde.

— ¡Espero que no le moleste, el inconveniente!

— ¿Qué dices? —La chica, se dio media vuelta, buscando la mirada del joven. Mientras tanto, se detenía la blusa con la mano porque la tenía desabotonada. —La cara de pícara la delataba.

— ¡No tengo inconveniente! Lo que ustedes decidan, para mi está bien.

— ¡Está bien! —Dijo, la mamá, mientras se dirigía al baño para sacar unas toallas de un cajón.

Mientras tanto, Esther, contenta de haber obtenido lo que quería le *pavoneaba* al cipote moviéndole los hombros y elevando su pecho. Se deslizó al costado del joven, para dirigirse a su cuarto, tomando la precaución de rozar suave sus senos por el antebrazo del chico.

Aquella situación, no mucho le gustó a la madre, pero la hija tenía razón. No podía dejarlo en la oscuridad, las mujeres eran *miedosas a morir*. Aceptando el hecho que una noche pasa rápido, doblegó sus dudas. Lo dejaron instalarse y, ambas mujeres, se dispusieron a prepararse para dormir. En teoría, porque Esther y Rodrigo tenían que estudiar.

El Roro, se acomodó rápido y se dispuso a ponerse cómodo. Una *calzonet*a para jugar al fútbol y una camiseta, harían el juego perfecto, por suerte esa noche no estaba tan fresca.

Como su cuarto estaba frente al lavadero de ropa y el baño, al abrir la puerta y dar unos pasos hacia afuera. Vio a las dos mujeres lavándose los dientes, vestidas con ropa de dormir: Esther con una *pantaloneta* y blusa de seda de color negro; la madre, tenía puesto una salida de baño color rosado que amarraba por la cintura.

Al verlo, ambas, se le quedaron viendo con ojos entre admiración, curiosidad y vergüenza. El joven, al ver aquella expresión, creyó que había hecho algo malo:

— ¡Disculpen! No debo andar sin camisa, ¿verdad? No recuerdo si en las reglas estaba eso. —Se colocó, la mano en el pecho para taparlo. Aunque, sus piernas estaban *peludas*; en el pecho, apenas, tenía algunos vellos descoloridos.

— ¡No es eso! Estábamos desprevenidas. Además, no estamos acostumbradas a tener un hombre en la casa.

— ¡Creo que tendremos que cambiar un poco nuestras costumbres! —Agregó la madre, inclinándose para lanzar el líquido que tenía en la boca.

En ese momento, la hija le pega suavemente una palmada en la nalga, diciéndole:

— ¡Sí, porque tenemos unas costumbres! — Puso una sonrisa pícara. En ese momento, la señora andaba, solamente, en calzón.

Las mujeres, normalmente, en tiempos calientes andaban en pelota. Entre ellas, había poca vergüenza.

— ¡Niña! No sea mal educada. —Le respondió, poniéndose recta rápidamente y pegándole, con la *palma de la mano*, sobre el hombro. Se apartó para dar lugar a la hija porque estaba entre los dos.

La hija, se puso a enjuagarse la boca y, cuando se inclinó, la madre aprovechó para molestarla. Poniéndole, la mano sobre la espalda, la empujó despacio. La hija creyó caer sobre el lavadero, y, rápidamente, puso una mano para protegerse. Ruth y el Roro, se pusieron a reír. Esther se enderezó y, limpiando, la mano mojada sobre su blusa, trató de secarse. La deslizó, delicadamente, sobre sus senos con premeditación. Se tomó el tiempo necesario para que el invitado observara. Aquel gesto, dibujó claramente los senos de la mujer. El Roro, observó rápidamente y se hizo el desentendido, la madre tuvo el tiempo de verlo. Por eso, le dijo a la hija que le diera espacio para que el tipo se lavara. Ambas se pusieron detrás del joven.

Cuando Rodrigo se inclinó para lanzar la pasta, Esther hizo *el mate* de tocar el trasero con las dos manos. Se le quedó mirando a la madre, con risa picara y ésta, la regañó con la mirada.

— Entonces, ¿van a estudiar un poco?

— Yo tengo que hacer mis tareas y leer un poco. —Respondió Esther.

— Yo, solamente, leer unas lecturas y, quizás, ordenar mis notas.

— ¡Qué bien! Estudiaremos en mi escritorio. ¡Nos traes otra silla, mamá!

— ¡Claro!

— ¡No faltaba más! Yo iré. Del comedor, *¿verdá*?

— Sí. Les haré unos emparedados por si les da hambre más noche. No se acuesten muy noche. ¡Por esta noche, creo que me dormiré temprano! — La mujer, siempre, acompañaba a su hija al estudiar. La *cipota*, igualmente era miedosa.

— ¡Aprovecha para rezar el Rosario y de paso, enciende una vela al, santo, de los milagros! Mañana paso un examen.

— Y al de la inteligencia, de la sabiduría y al de los estudiantes. —Agregó, la madre.

El Roro al escuchar aquella letanía de santos, se quedó bastante extrañado. Ni su madre que era muy devota encendía tanta vela a los santos.

El chico llevó la silla al cuarto de la muchacha y, con la misma, se dispuso a leer unos folletos que le habían dado. A los minutos, la joven llegaba con unos cuadernos en la mano y una cartera con utensilios escolares en la otra. Cómo iba muy ocupada, el cipote se apresuró a ayudarla con los cuadernos. Al tomarlos, con la mano por debajo, le pasó rozando ambos senos. La chica apreció aquel rose y al sentarse, casi se los muestra porque un tirante se le deslizó. El seno quedó medio descubierto. Simplemente, se puso a reír y lo volvió a poner en su sitio. Agarró un libro y se puso, de inmediato a estudiar. Ambos trataban de concentrarse. En la cocina, el ruido de los trastes, decía que la madre estaba trabajando.

A los minutos, las rodillas de ambos comenzaron a golpearse suavemente. Fue ella, quien lo hizo a propósito. Luego, el chico le agarró un pie con sus dos pies para tenerlo preso. Ahí, debajo de la mesa, comenzó un juego de coqueteo. No habían palabras, solamente, pequeños contactos. Eso sí, cada vez, eran más evidentes y con tintes de seducción. Sobre todo, por parte, de la mujer. No podían hablar porque la madre estaba *con la oreja parada*.

Al rato, Ruth, llegó para decirles dónde había dejado la comida y la bebida. En el momento, que la madre estaba con ellos, la *cipota*, en *un brindis de picardía*, subió la pierna, por debajo de la mesa, colocándola sobre las dos del chico. Mientras, conversaban con la madre, el Roro le acariciaba suavemente con una mano y, con la otra, simulaba escribir. Se recostó, un poco sobre la mesa, para cubrir su gesto y siguió subiendo, como si nada. La chica, por su parte, se prestaba al juego. A la madre, la tenía, entretenida, haciéndole la plática y ocupándola con tonterías.

En un momento dado, la mano del cipote, se metió bajo la *pantaloneta* y, ahí, comenzó lo bueno. La muchacha no se esperaba tal atrevimiento, pero le gustó. Cuando un dedo llegó a tocar su tesoro, la mujer bajó la pierna y levantándose, bruscamente, dijo que había olvidado algo en el lavadero. Mentiras, simplemente se sintió mojada y nerviosa. Se lavó la cara y regresó a los minutos con una sonrisa pícara. La madre seguía en conversación con el chico, quien, al verla entrar, le sonrió. Ella, por su parte, hizo señas que luego se las pagaría.

Se sentó y se comportó muy *santurrona*, tratando de ignorar al bicho que le molestaba con la rodilla debajo de la mesa. En una pequeña pausa, Esther, le preguntó:

— Rodrigo, ¿tienes novia? —Se lo preguntó sin voltearlo a ver.

— ¡Niña! Deja de preguntar esas cosas personales.

— No hay problema, no tengo.

— Pero, dejaste alguna en tu pueblo.

— No. Corté todo, de raíz, para concentrarme en los estudios.

— ¡Vez! Así debe ser, lo primero son los estudios.

— Pero ¿te gustan las mujeres?

— Me fascinan.

— ¿Y cómo te gusta?

— ¡Niña!

— Pero mamá, tengo que aprovechar para saber lo que piensan los hombres de las mujeres. Mira que hay muchas cosas que desconozco. ¡Debo aprovechar que tenemos alguien del sexo opuesto en casa!

— ¡Se puede sentir incómodo!

— No me molesta.

— ¡Ves!

— Al principio, me gustaban todas. El físico, era lo primero. Más carne, mejor. —Espero, no se ofendan con mi forma de hablar. Luego, descubrí que, cada mujer, tiene algo bello en su interior.

— ¿Eres virgen, todavía?

— ¡Mujer! — La madre era quien se ponía más nerviosa y avergonzada.

— ¡No! —Sonrió. Hace mucho dejé de serlo.

— ¿Qué es mejor para el sexo con una mujer: ser virgen o con experiencia?

— ¡Yo, mejor, los dejo! Ésos *temitas* que se manejan, me ponen con *la piel de gallina*. ¡Iré a rezar! ¡Buenas noches!

— ¡Buenas noches *mami*! — Se levantó para darle un beso en el pómulo.

— ¡Buenas noches! ¡Espero, no le moleste que hablemos de esas cosas!

— ¡Creo que no! Y veo que mi hija tiene muchas interrogantes que no le puedo explicar. ¡Buenas noches!

— ¿Entonces, virgen o con experiencia?

Ruth, todavía se quedó cerca de la puerta para escuchar la respuesta.

— Para ser sincero, hasta la fecha, no he hecho el amor con una chica virgen. Todas han tenido una experiencia con anterioridad. Cuando lo haga, podré responderte mejor. Lo que te diré es que entre más experiencia, siento que la mujer goza más. No es cohibida ni espera que el hombre haga todo. Como dicen: «hacer el amor es cosa de dos».

— ¡Interesante!

— ¡Creo que debemos continuar estudiando porque, de lo contrario, no terminaremos ahora! —Hizo señas que la madre todavía estaba cerca.

La muchacha se acercó y le dijo suave:

— Mi madre tiene años de no hacer el amor, por eso se pone de ese modo.

— ¿No tiene pretendientes ni alguien por ahí?

— ¡Creo que no! Hay un señor que viene a comer todos los días; creo que quiere *echarle los perros*, pero no mucho le gusta. Es mal hablado y creo que no tiene en qué caerse muerto. ¡Un *vividor*, qué más!

— ¡Pero tu madre está muy joven!

— Me tuvo a los dieciocho, creo. ¡Y está, muy linda! ¿Verdá?

— Sí, es muy elegante y tiene lo suyo.

— ¡Cuando puedas, tírale un piropo! Eso la hará sentirse bien, casi no sale de casa. Las mujeres, necesitamos, ese tipo de halagos para sentirnos bien. Con una mirada, una palabra o una caricia basta.

El chico, solamente le sonrió. Y agarrando, un folleto, se puso a leer. La estudiante hizo lo mismo. Durante una hora, casi no se dijeron nada. La madre, por su parte, comenzó a roncar y eso les provocó una pequeña sonrisa.

Al rato, se escuchó una explosión en la distancia. Casi de inmediato, la electricidad se cortó y quedaron en completa oscuridad. Esther, que era miedosa, se agarró de la mano del joven.

— ¿Irá a venir pronto? No me gusta lo oscuro. ¡Me da miedo! —Movió la silla para colocarse a un costado del muchacho, se agarró del brazo muy fuerte.

— ¡Tranquila! No pasa nada. ¡Aquí estoy para protegerte! — Sacó su brazo y se acomodó para abrazarla.

— No me sueltes. —Se apercolló al bicho.

Mientras, estaban abrazados, la cipota al hablar topaba sus labios en la piel del muchacho. Eso, la comenzó a excitar y se puso a abrazarlo fuerte, apretando sus senos contra él. Por su parte, el chico se puso a acariciarle uno de los senos por sus bordes.

En ese momento, la luz regresó y la chica se separó un poco avergonzada. Al volver a su lugar, se volvió a cortar la corriente.

— ¡No, otra vez! — Con la misma se acercó al primo.

Las tripas del chico comenzaron a hacer un ruido extraño.

— ¡Creo que tengo hambre! ¡Voy a ir a la cocina!

— ¡No me dejes sola!

— ¡Entonces, ven conmigo!

Se puso de pie y la muchacha se colocó detrás. Se agarró de la cadera y, luego, lo abrazó, por detrás, metiendo las manos debajo de los brazos. De ese modo, caminaron despacio porque, casi, no se podían mover. La mujer se aprovechaba del momento, porque le movía los senos en la espalda.

Llegaron a la cocina y encontraron la comida. Cada, quien, agarró un emparedado y se pusieron a degustarlo. Mientras, el chico colocaba su espalda sobre un mueble, la mujer se le pegaba por un costado. Ella, abrazándolo, con una mano por detrás como alguien que no desea escapar a su presa. Él, en cambio, había colocado su brazo, por la espalda; metiendo, la mano, bajo el sobaco.

Mientras comían, el chico, deslizó, sus dedos, bajo la blusa y le agarró el seno. Se puso a jugar con el pezón que no lo tenía muy abultado. La chica comía, pero, a la vez, se dejaba acariciar. Inclusive, se puso un poco más de lado para que metiera la pierna en medio de las de ella. A los minutos, la tenía abrazándolo fuerte y apretándose fuerte para sentir la virilidad del joven. No pasó mucho tiempo para explotar de gozo. Se puso a temblar con una sonrisa nerviosa.

Le preguntó al oído:

— De todos los novios que has tenido, ¿alguno te ha mamado los senos?

— ¡Sólo uno, pero muy poco!

— ¡Quieres que lo haga!

Sin esperar respuesta, bajó su boca y se puso a succionar el primero. La sentó sobre el mostrador y se metió entre las piernas de la mujer, quien lo atrapó con las piernas. Mientras, el muchacho le *chupaba*, suavemente, ella le acariciaba el cabello lanzando su cuerpo un poco hacia atrás. Luego, una de las manos, del joven, entró en escena y completó el trío: boca, lengua y dedo. La mujer terminó rogando a Dios que nunca terminara aquello.

Como la corriente no llegó, el tipo la llevó hasta el cuarto de la madre. La progenitora dormía dulcemente, después supo que tomaba somníferos porque le costaba conciliar el sueño. No se dijeron nada y, hasta, el día siguiente, se volvieron a verse.

Ambos jóvenes, *salieron espantados,* para sus centros educativos. Apenas, tuvieron tiempo de desayunar y saludarse. Ese día, el Roro llegaría más tarde porque, solamente, tenía clases por la mañana; eso quería decir que se iría para la tienda de la tía de Sofía.

Casi, *al filo* de las siete, estaba tocando el timbre de la casa de Ruth. Con mucho miedo, Esther fue quien le abrió la puerta. Al verlo llegar, un suspiro de alivio se le vio en el rostro.

— ¿Pensé que no vendrías?

— Casi, no llego. ¡Tuve que trabajar mucho y no quería dejar inconcluso una tarea!

— ¿Es muy pesado el trabajo?

— Más o menos. Ayudo en lo que puedo, sobre todo en colocar cosas, alzar sacos, mover muebles, en fin: lo que necesita los brazos de un hombre.

— ¡Deben estar contentas de tenerte, porque el hijo *es un bueno para nada*!

— ¿Lo, conoces?

— Anda en malos pasos, según tengo entendido. ¡Lástima! Por Sofía, es una buena madre.

El chico, conociendo un poco a las mujeres, supuso que aquella desviación de la conversación era porque deseaba saber su relación con la catequista. Así que, decidió, cambiar el rumbo de la plática.

— Antes de que se me olvide, quiero decirte algo: sí, a las siete, no he venido; no me esperen. Me quedaré a dormir allá porque cada vez se está poniendo feo caminar de noche.

— ¡Bueno! Se lo diré a mi *mami*.

— ¿Dónde está?

— Es su segundo día y se tomó unas pastillas para contrarrestar el dolor. Duerme profundamente y no se despertara hasta mañana.

— ¿Y tú que haces?

— Estudio.

— ¡Creo que me daré un baño y, luego, me dormiré porque *estoy muerto de cansancio*!

— ¡Imagino que cenaste!

— Comí algo en la casa de Sofía. Gracias.

— Creo que seguirás durmiendo en mi cuarto porque no se ha puesto otro foco. Además, mi madre puso algunas cosas sobre la cama.

— Si no te molesta, encantado. Tu cama es sabrosa para dormir. ¡Huele rico! Aroma de mujer.

— ¿Te gusta mi aroma? Por lo que veo. — Se lo dijo despacio y con *cara de píçara.*

— ¿Por casualidad andas con la regla?

— ¿Por qué lo preguntas? —La mujer se sintió un poco ofendida.

— Porque desde que abriste la puerta, siento una atracción extraña.

— ¿De verdad? — Se le iluminaron los ojos.

— ¡Creo que mejor me voy a dar un buen baño con agua fría!

— Tienes razón, creo que mañana o pasado me vendrá. — Le dijo mientras el bicho se alejaba.

— ¡Es buen tiempo para jugar! — Murmuró entre dientes con la intención que las palabras *quedaran en remojo.*

La dejó babeando y se alejó; sacó, las cosas de su cuarto y se dirigió al baño. Mientras tanto, la jovencita *se metió entre sus libros* para finalizar las tareas. Eso sí, siempre estaba *con la oreja parada* con los movimientos del primo.

Cuando el muchacho salió, se dirigió a su cuarto para terminar de alistarse. En ese tiempo, Esther aprovechó para meterse al baño, la necesidad apremiaba.

Al regresar, lo *encontró, tendido,* sobre la cama y mirando la pared. La mujer, le sonrió y se sentó para seguir estudiando.

— ¡No puedo creer que, seas, aficionada al fútbol! Y sobre todo del «fasito». Imagino que lo sigues por *el mago*. Sólo falta que, le pongas una vela y, lo llames: san mago o mejor… san mágico. El tipo es bueno pero para adorarlo tanto… *hay, mucha, tela que cortar.*

— Tú, lo que estás, es envidioso. De seguro eres aguilucho o elefante. —Lo decía por el Aguila o el Alianza. Los otros dos clubes importantes del país.

— Yo no soy ni de uno ni de otro. Sólo, soy de la *Selecta.*

— ¡Verás que, esta vez, iremos al mundial de España! Tenemos la columna vertebral para hacerlo: en la meta, a «*Guevara Mora*»; en la defensa a «*Paco Jovel y la Chelona*»; en el medio al «*Pajarito Hueso*» y arriba, a mi adorado «*Mago Gonzales*».

— ¡Hasta, entrenadora me saliste! ¿Ya, fuiste al Quiteño?

— No, porque mi *mami* no me deja; dice que no es para mujeres ir al estadio. ¿Me llevas? Contigo si me dejaría ir.

— Ir a los estadios, con una mujer, es muy arriesgado. He ido al «Coloso de Monserrat» y se lo que sufren las mujeres. No digo, no; ¿Depende?

— ¿Depende de qué?

— De que tanto interés tengas. ¡Los precios de los billetes son más caros cuando la demande es más grande! — Le sonrió pícaramente.

— ¡Interesante! Eso significa que solamente hay que ver si tengo con qué pagar. —Le respondió en doble sentido, igualmente.

El tipo, le sonrió, y la mujer continuó hablando sin verlo.

— ¡Sabes, tu llegada nos ha hecho muy bien! Nos sentimos protegidas, nos alegras la vida. Por mi parte, estoy encantada. Puedo hablar de cosas que me interesan saber y, más aún, puedo probar cosas que solamente estaban en mi mente, como lo de anoche. — En ese momento, lo volteó a ver y se dio cuenta de que el joven se había *fondeado*.

La mujer se quedó con aquellas palabras. Sonrió, musitó una mirada de compasión, y lo dejó descansar. Como a las nueve, se fue a acostar con la madre; a la hora, se despertó por el ruido que hacía la progenitora al dormir. En ese instante, se acordó que no había sacado sus prendas íntimas que, estaban, debajo la almohada. Se levantó, con la intención de sacarlas sin despertarlo. Sabía que estaba cansado y, aunque sentía mucha febrilidad al estar cerca del hombre, decidió dejarlo tranquilo. Antes de acostarse, unas gotas de sangre, le avisaron que el siguiente día sería su turno, la regla anunciaba su visita.

El chico estaba bien dormido, pero las tres horas de sueño lo habían recuperado. Entre despierto y dormido, sintió que alguien lo tocaba. Un poco, asustado, se despertó. La luz que, entraba por la puerta, iluminaba la figura de Esther. Al sentirlo moverse y ver sus ojos abiertos, le preguntó:

— ¡Roro! ¿Está dormido? ¡Disculpe, pero necesito buscar algo que olvidé!

— ¡No estoy dormido! ¿Qué buscas? ¿Ya se despertó tu madre? A todas estas ¿qué hora es?

— ¡Son como las diez y algo más! — Murmuró sin dejar de buscar.

El Roro se le quedó mirando y como tenía el pelo suelo cayendo sobre su cara. Se lo acarició y le dijo que lo tenía sedoso. Con la misma, se sentó en la cama poniendo su espalda sobre el reclinatorio. La muchacha se sentó a tientas sobre el borde de la cama. Tocando, a ciegas, para tratar de encontrar lo que buscaba.

— ¿Por qué no me dices que buscas?

— ¡Unas cositas que olvidé!

— ¡Será esto qué buscas! —Le colocó, el sostén en la mano.

— ¡Sí! —Le dijo con una sonrisa de vergüenza. ¡También otra cosa!

— ¡Esto! — Le colocó, la otra prenda en la misma mano.

— ¡Sí! Lo siento. Pero no están sucios *por si las*.

— ¡Lo sé! Y no me molesta. Tiene un olor agradable.

— ¿De verdad? Los oliste.

— ¡Claro! Lástima que no pude ver su color; eso sí, parece que son de buena calidad.

— ¡Son azules!

— ¡Cómo tus ojos!

— ¡Los has visto!

— ¡Claro! Imposible no verlos. Son muy lindos y expresivos. Dime… ¿Te gustó lo de anoche?

— ¡Claro! ¿Y a ti, te gustó?

— ¡Mucho, pero me *dejaste picado*! Pregunta — le dijo suave — ¿Mi tía sabe que estás aquí?

— ¡No, está dormida pero la pobre cayó cómo una piedra! ¡Hasta roncando está! Pero, ¿por qué le dices tía? Es la sobrina de la prima de tu padre. Se podría decir que no son familia; yo, menos.

— Por respeto, quizás. ¿Crees que le moleste?

— No lo creo pero, lo mejor, es preguntar. Las mujeres, somos, quisquillosas con lo de la edad. Y tía huele: a decirle vieja.

— Le preguntaré para no ofenderla. —Sonrió y agregó: ¡Está durmiendo y *fondeada*! ¡Umm! Eso significa que cuando el gato duerme, los ratones hacen fiesta.

— ¿Quieres hacer fiesta?

— Eso dependerá si tengo pareja para el baile.

— ¿Qué tipo de pareja te gusta?

— Alguien que quiera, simplemente, bailar; sin complicaciones.

— ¿Qué tipo de complicaciones?

— Que no se hagan problemas; que quiera aprender a bailar y que, no tenga cola.

— Las dos primeras, no hay problema. La tercera, no lo sé; dependerá del bailador. Creo que pronto me vendrá, *la visita*.

— Eso no es problema, al contrario; resuelve uno. Hablada de algún enamorado. Según, he escuchado, has tenido varios pretendientes.

— Sólo son *picaflores*. Juguetes para aprender cosas de la vida. Nada serio.

— ¿Qué tanto has aprendido?

— No mucho, soy muy miedosa para esas cosas.

— Pero, ¿ya diste *la probadita*?

— Sólo para el *gustito*. Mi bailarín *se bañó* antes de tiempo. Me gustó más lo de anoche.

Se puso a acariciarle el pecho metiendo la mano debajo de la camisa. Por su parte, él se puso a acariciar la pierna.

— ¿Me permites tocarte?

— Parece que ¿quieres aprender cositas? El problema es que me puedes encender y no creo que estés en condiciones de apagar el fuego. ¿Estás segura de que pronto te vendrá, la regla?

— ¡Ahora, comencé a manchar! Sin embargo, a veces, se ha tardado hasta cinco días en venir.

— Eso complica las cosas, porque no tengo *gorrito*. ¿Tomas pastillas?

— No las tomo porque mis amigas dicen que engordan… de manera permanente. ¡Yo tengo tendencia a engordar! ¡Mira mis senos! — Se los agarró con las dos manos para mostrarlos.

— ¡Entiendo! Entonces, mejor no calentemos los motores. — Le *choyó* el lomo del dedo índice por el pezón.

— ¡Creo que es mejor! — Respiró profundo para sentir mejor la fuerza del dedo sobre la punta de su seno. Luego, cerró sus ojos en signo de placer.

— Aunque, si gustas, podemos... simplemente, practicar lo que llaman: las preliminares.

— Sí, ¿cómo ayer?

— ¡Claro! Hasta, podrías comenzar a practicar esa lección conmigo.

— ¡De verdad! —Se entusiasmó porque la idea le pareció estupenda. ¡Siempre he querido hacer eso!

— ¡Imagino que sí! La revista que encontré debajo del colchón me dio una idea.

— No es mía, es de una amiga.

— Entiendo, pero la hojeaste.

— Varias veces. —Sonrió un poco avergonzada, mientras le desabotonaba la camisa al joven. ¡La curiosidad fue más fuerte que la norma! Sin embargo, no tiene nada de comparación con esto.

Mientras ellas, ponía en práctica sus lecciones, el muchacho hacía lo suyo. Al poco tiempo, lo desnudó y, al verlo excitado, se le inclinó para *sacar leche del pozo*. Aquel ejercicio los hizo bañarse, en sudor, por completo. Esther terminó acostada sobre él y muriéndose en deseo carnal.

A eso de la una de la madrugada, volvía al lado de su madre. Por la mañana, no se quería levantar. Inclusive, no fue al colegio porque se descubrió mojada de sangre. La menstruación había llegado.

Por suerte, los viernes, solamente, tenía clases por la mañana. Cosa contraria ocurría con el Roro porque, además de las clases, tenía las primeras reuniones de grupo.

A eso de las siete de la mañana salió muy entusiasmado, pero la sonrisa le duró poco. Apenas, cuando salía de la ciudad, el bus que había salido antes, fue interceptado por los *muchachos*. Le echaron gasolina y lo atravesaron en medio de la calle. Repartieron propagando y se llevaron a varios jóvenes a los cafetales cercanos. Aquel revoluto paralizó todo el tráfico y cuando los soldados llegaron, se armó *la de San Quintín*.

El chico no tuvo otra opción que regresar caminando, en el camino encontró a una de sus compañeras de clases, Claudia. Una chica bastante especial, *de entrada* se veía como alguien huraña y bastante antisocial. Amaba el color negro y su estilo tiraba mucho al de los «jipis» de los sesenta. Su actitud inconformista hacia el gobierno se le salía en cada frase que pronunciaba.

Al verla, aceleró su paso y se le puso al costado:

— ¡Hola! —Le dijo con voz amable.

— ¡Quiubo! ¿Qué quieres? — Le saludó y le respondió bastante pesado.

— Saludarte, somos compañeros de clase y pensé socializar un poco. ¡Estamos en el mismo barco!

— ¡Ah! —Volteó a verlo para reconocerlo, luego agregó: ¡No estoy para socializar! —Aceleró el paso.

— ¡Discúlpame! No deseaba molestarte. — Se quedó caminando detrás a pocos pasos.

A los minutos, la mujer le dijo:

— Si me vas a seguir viendo las nalgas durante todo el recorrido, prefiero que te pongas a mi costado. — Le dijo enojada pero, al mismo tiempo, haciéndole la invitación de ponerse al lado.

El Roro, simplemente sonrió y, se dijo, a sí mismo: «las mujeres no dejan de sorprenderme con el sexto sentido». Apresuró el paso y se colocó al ritmo. Eso sí, no pronunció palabra porque deseaba que fuera la mujer quién rompiera el hielo. A los minutos, le preguntó:

— ¿Por qué quieres ser maestro?

— Me gusta la profesión y está al alcance de mi bolsillo. ¿Y vos?

— Me gusta. —Le respondió cortante y sin dar mayores detalles. Después de una breve pausa, agregó: ¡Aunque no creo que termine!

— ¿Tienes grupo de trabajo? ¿Quieres unirte con nosotros? Somos dos.

— ¡Gracias! Pero ya estoy con alguien, no sé si ella querrá.

— Pregúntale y me avisas. Yo, haré lo mismo con mi *chero*.

Al llegar a la ciudad, cada quién se fue por diferentes caminos. El Roro regresó a la casa y cayó como anillo al dedo. Ruth necesitaba ayuda en las habitaciones de sus inquilinos. El servicio sanitario se había tapado y el chorro del baño no dejaba de gotear. Don Tiburcio, el señor que se encargaba de arreglar las cosas, anda con *una zumba* de las buenas. Llevaba más de una semana de borrachera.

Como buen *milusos y chapucero*, el joven reparó los dos desperfectos de una manera informal. Aquel gesto se ganó a la tía y lo recibió, al mediodía, con un buen almuerzo. Claro que el joven terminó oliendo a *chucho muerto*. Después de darse un buen baño, se sentaron a compartir la comida. Mientras departían, ella le dijo:

— ¡No sabe cuánto te agradezco lo que hiciste! Cuando me dijeron lo que pasaba, me puse nerviosa y, no supe, a quién recurrir porque Don Tiburcio no está en condiciones de trabajar.

— Lo hice con mucho gusto, aunque quiero advertirle: no soy profesional. Eso sí, todas mis buenas intenciones las puse en obra.

— ¡Gracias! Es bueno tenerte en casa.

— ¡Quiero aprovechar para preguntarle algo! Hasta la fecha, no sé ¿cómo decirle? ¿De usted o tú?

— ¡Yo prefiero que tú! No soy tan vieja, ¿verdad? El usted me pone incómoda. Y lo de tía, déjalo de lado. Llámame por mi nombre, Ruth.

— ¡Está bien!... Ruth. ¡Gracias por la confianza!

Desde ese momento, la conversación pasó a otro nivel. Ambos habían dado un paso hacia adelante en esa relación de amistad. El chico, le comentó que por la tarde iría donde su amiga Sofía y que posiblemente no llegaría a dormir. Trabajaría hasta cerrar la tienda. Prometió que llegaría el día siguiente, siempre y cuando no ocurriese otro percance.

Para qué *abrió la lata de tomates*, la mujer se puso a decir cuanta cosa se le pasó por la cabeza en contra de los izquierdistas. Los llamó: asesinos, comunistas, antipatriotas, socialistas, saboteadores y, hasta, los condenó al infierno infinito.

Cuando el joven estaba a punto de irse, Ruth se acordó de algo importante y, casi, bajo el marco de la puerta, le dijo:

— ¡Rodrigo! Me acabo de acordar de algo. ¡Se acuerda del inquilino que es vendedor de seguros! Pues, tiene alrededor de tres meses que no viene ni lo he visto venir; el caso es que no me ha pagado. Él, me dijo que pensaba marcharse pronto, ¿cuándo? Ni lo mencionó. Me temo que ya se llevó las cosas. Me gustaría entrar al cuarto y verificar, lo necesito como testigo y, quizás, porque tengo miedo de encontrar, alguna cosa fea. ¡Las ratas me dan pánico! —Mostró una cara de horror.

— ¿Si gusta, podemos ir en este momento?

— ¡Bueno! Iré por las llaves.

Ruth se marchó hacia su dormitorio, como siempre vestía bastante formal: un vestido de pliegues en su falda que llegaba hasta las rodillas; de mangas cortas y un cuello de corazón. La dama no era ni gorda ni delgada, *rellenita* por todos lados. Según el chico, tenía mejor cuerpo que la hija; su caminar elegante la hacía ver muy encantadora. Cuando sonreía, su rostro se iluminaba y dos *camanances* se formaban en sus pómulos. Esther era más vivaz y coqueta, quizás, la juventud se imponía. Sus grandes ojos azules y su cabellera larga que llegaba al pie de la cintura eran sus grandes reflectores que deslumbraban a cualquiera. Luego, venían sus pechos y nalgas frondosas que con un poquito de descuido llegaba al sobrepeso. En otras palabras, estaba en su punto perfecto.

En ese momento no había ningún inquilino porque las hermanas que alquilaban, la pieza más grande, estaban en sus trabajos: una era dependiente en una tienda de ropa y, la otra, secretaria de un médico. El otro cuarto, lo tenía alquilado un «testigo de Jehova» que estaba tratando de hacer su propia congregación.

Ruth tomó la iniciativa y se dispuso a abrir aquel cuarto oscuro. De entrada, el olor que emanaba no daba buenas sensaciones. El Roro la seguía de cerca. Abrieron la puerta y, la mujer, se adelantó para querer jalar la cuerda que servía para encender el foco. Dicho cáñamo estaba en el centro de la pieza. Unos pequeños chillidos se comenzaron a escuchar y al hacerse la luz, el movimiento de aquellos pequeños roedores provocó pánico en la mujer. Al sentirlos cerca, comenzó a saltar en puntillas y, al verlo al joven, saltó sobre él. Lo único que pudo hacer, fue: recibirla con las manos debajo las nalgas, mientras que ella se enrollaba con pies y manos. Se movía más que una culebra moviéndose y temblando. Hasta, cerraba los ojos para no ver a los *animalitos*. Era tanto el miedo que los sentía sobre su cuerpo. Solamente, se escuchaba: ¡Quítemelos por favor!

— ¡Tranquila! Ya no hay ningún ratón en el cuarto. ¡Se puede bajar!

— ¿Está seguro? —Volteó a ver hacia todos lados y, poco a poco, desamarró manos y piernas. Se bajó casi deslizando su cuerpo sobre el muchacho; él, la sostenía abrazándola.

Al ponerse de pie, el vestido se quedó, atrapado, entre los dedos del joven y, *la falda*, se le subió hasta la espalda dejando destapada toda la parte de atrás. La mujer se pegaba al chico y no se percataba del destape. A los segundos, al sentir la piel del muchacho deslizando por la espalda y quedar a la altura del calzón. Reaccionó y trató de bajarse la prenda, un poco ruborizada, le dijo:

— ¡Esos animales me dan miedo! —No quiso ver a los ojos y se dio media vuelta, siempre muy pegada al hombre quién le colocó las manos en la cadera.

— ¡Se da cuenta! No hay nada. —En ese momento, se escuchó el ruido de una hoja de papel caer.

La mujer se tiró hacia atrás pegándose al cipote. Agarró las manos del joven y se enrolló con ellas en una reacción de protección. Las colocó, casi, sobre sus senos. El Roro, en un instinto de protección, la abrazó por completo; enrollándola, con los brazos a la altura de sus pechos. La apretó de manera firme y segura; dando, a la mujer, un sentimiento de protección. Se sintió cómoda con el abrazo.

— ¡No es nada! Sin embargo, esperemos un segundo.

— ¡No me suelte por favor!

— ¡Tranquila! De aquí no me muevo.

Quizás, por inercia, el muchacho, al sentir los pezones de la dama, se puso a jugar con ellos, muy sutilmente, dándoles un pequeño masaje. Su dedo índice hacía pequeños círculos y presionaba suavemente a la ocasión. La mujer comenzó a sentir pequeños estímulos en su cuerpo; *corrientes*, de energía positiva, comenzaron a subir y bajar como pequeños estallidos de un grito de un animal salvaje. Su cuerpo comenzó a reaccionar como una hembra necesitada, levantaba sus pechos y presionaba su trasero contra el joven que no tardó en excitarse.

En el silencio de un espacio, ambos se unieron fuerte, cuerpo a cuerpo. El final llegó cuando la dama explotó por dentro. Al sentirse muy emocionada, le dijo:

— ¡Abráceme fuerte por favor que tengo miedo!

Fue la mujer, quién agarró brazos y manos, apretándose fuerte. Cerró, los ojos, y se quedó quieta, como disfrutando aquel momento. Luego, su pudor, le dijo que se separara. Abriendo las manos, se salió del abrazó, luego se agachó para recoger algo, le dijo sin verlo por miedo a observar la excitación del muchacho:

— ¡Mire como tiene, este hombre, la pieza! Destruida y descuidada.

Se puso a limpiar, pero unas cucarachas la detuvieron en seco. Al verlas, dijo:

— ¡Ay! Hasta, insectos hay. Salió corriendo del cuarto y se quedó parada en la puerta.

Al verlo, no pudo dejar de bajar la mirada para posarse en la cintura del chico. Todavía se veía el bulto del hombre, su cuerpo sintió una ola de excitación que la puso nerviosa.

— ¡No me puedo quedar! Me dan asco esas cosas.

— No se preocupe, limpiaré la habitación. Luego, la viene a ver.

— ¡Gracias! Le debo una. — La mujer se marchó casi corriendo. Sentía que estaba mojada en medio de sus piernas, el miedo a ser descubierta *la ponía en todos sus estados*.

Cuando el cuarto estaba listo, la llamó y, con calma, la mujer entró. Dijo en voz alta que necesitaba pintura y agarró la caja, con las pertenencias del señor, para colocarla en una pequeña bodega. Ruth se puso a lamentar del estado de la habitación, inclusive dijo que quizás no lo volvía a alquilar porque la puerta del pasadizo estaba dañada.

Ese cuarto era el que estaba pegado a su casa. Había clausurado la puerta para separar las dos casas.

El chico se quedó limpiando la habitación y al rato, fue a buscarla; la encontró cambiada de ropa. Eso, le sorprendió un poco. Una sonrisa nerviosa la traicionaba y, hasta, parecía que se sentía incómoda. Él trató de darle confianza tratándola con toda la normalidad del mundo. Le propuso hacer ciertas mejoras al cuarto sin hacer muchos gastos y ella aceptó sin poner mayores reparos.

Luego de aquella pequeña reunión, antes de marcharse, el chico no se quedó con la espina clavada y le preguntó:

— Tengo cierta curiosidad, ¿por qué se puso tan hermosa? ¿Espera a alguien? — Él sabía que no tenía pretendiente.

— ¡Yo, hermosa! Gracias. No espero a nadie, ni tengo pretendiente. Bueno, hay alguien que quisiera algo pero no me convence. Si se refiere, porque me cambié de ropa, fue porque esas bestias se me subieron al cuerpo y me aterraba pensar que habían dejado sus huellas sobre mi vestido. —Le respondió un poco nerviosa.

— Espero, no ofenderla; en verdad, se ve muy linda. ¡Debería vestirse de esa manera siempre! Estoy seguro de que, más de algún gorrión, quisiera *chupar de esa flor*.

— No diga eso, no estoy interesada en tener nada con nadie. Así estoy bien, para qué me voy a complicar la vida. Además, está, mi hija. ¡No sé!

— ¡No cree que: su hija está *grandecita*! Un día de éstos querrá formar su hogar y ¿usted? Acuérdese que el que se casa, casa quiere y, normalmente, las suegras no son muy apreciadas cerca. Usted es joven y, estoy seguro de que muy bien podría formar un nuevo hogar.

Ruth, al principio, sintió feo al escuchar aquellas palabras, pero luego reaccionó dándole la razón.

— ¡Lo he pensado! No crea, he pasado algunas noches preocupadas por eso. ¡Mi hija es tan inocente! No quisiera que le pasara lo mismo que a mí. Sólo tuve un novio y ahí me quedé. Quisiera que fuera más abierta y, quizás, atrevida. Le hace falta mucho que aprender en la vida. Yo solamente puedo darle un lado de la versión, ella tendrá que buscar el otro lado de la medalla.

— ¡Pensé que hablaban mucho! — El chico lo decía porque le estaba hablando de otra persona, no la que él conocía.

— Hablamos, aunque quizás nos cuesta entrar en cierto temas. A lo mejor, me puede ayudar en ese asunto. Quizás, contigo se puede abrir un poco.

— ¡Conmigo! — El chico pensó que con él ya se había abierto. Por mí no hay problema, pero mi experiencia no es muy grande; acuérdese que inclusive soy menor que ella. Quizás, sería al revés.

— Pensaba que quizás entre jóvenes pueden abordar temas de su edad.

Aquella conversación abrió brechas entre los dos y cierta confianza comenzó a progresar. Ruth, se sintió muy halagada por los piropos recibidos. Aunque no quería aceptarlo, la presencia de aquel joven le hacía sentirse muy bien.

El Roro había planificado dormir, el viernes, en la casa de Sofía y, regresar, el sábado por la noche. Los planes se le vinieron abajo cuando a eso de las seis de la tarde, unos muchachos quemaron vehículos en el centro de la ciudad, se escucharon unas bombas y muchos disparos seguidos de un enfrentamiento. La luz eléctrica se cortó a los minutos. Ese hecho, le impidió salir de la tienda por temor a una bala perdida o quedar en medio de un fuego cruzado. Además, las noches con Sofía cada vez se ponían interesantes.

El domingo a eso de las cuatro estaba mostrando su cara en la casa de Esther. Ruth lo esperaba con la cena y con ganas de platicar. La hija estaba en su segundo día de menstruación e igual que la madre, la tiraba a la cama. Dormía plácidamente con los sedantes que se había tomado.

El chico comió y, mientras degustaba la comida, Ruth le *metía plática*. Estaba bastante interesada y muy servicial. Le platicó sobre los planes que tenía con relación al cuarto que había quedado vacante. Como se lo había prometido, lo puso a la disposición. Juntos llegaron a un acuerdo con el precio a pagar y con las transformaciones a hacer, entre las cuales estaban: reparar la puerta que conectaba las dos casas, pintar, ver si la cama estaba en condiciones y fumigar.

Mientras la oía hablar, el joven pensaba: «parece que me esperaba *como agua de mayo* y de lejos se nota el vacío de la hija; creo que es una mujer solitaria». Hizo semblanza que la escuchaba y trataba de *seguirle la pita* para no perderse porque la mujer pasaba de un tema al otro, *como gato buscando gata.* Según logró captarle, la noche anterior, en el noticiero «*Teleprensa*» existía la posibilidad de una huelga de maestros del sector público. Esto, en protesta por la muerte y desaparición de varios profesores en todo el país.

En la conversación, *salió a bailar* su amiga. Curiosidad de mujer. El Roro, siendo un poco prudente, no entró en detalles y se *quedó en las ramas.* Le mencionó sobre la enfermedad de la tía, los problemas con el hijo y sobre el negocio que crecía rápidamente. Nada personal ni comprometedor.

Ruth agarró el tema del hijo y dijo que todos los jóvenes eran iguales: «*no miraban más allá de sus ojos, escuchaban sólo lo que dicen sus amigos, que eran egoístas y que para ellos, solamente, existía el presente. Son revoltosos, haraganes y unos, sabelotodo, malagradecidos*».

El Roro, simplemente, abrió sus ojos y se dijo: « ¡Seré yo, Señor! », imitando un pasaje de la Biblia. Sonrió y pensó que la mujer no andaba lejos de la realidad. Por lo general, los hijos se comportaban como turistas viviendo en un hotel cinco estrellas, pequeños príncipes malcriados abusando de sus súbditos, los padres. Unos parásitos del hogar.

En un momento dado, el chico se le quedó mirando con ojos de interrogación. La señora *picaba* unos nachos con una salsa de tomate y aguacate. Al verlo, le preguntó:

— ¿Qué pasa? ¿Por qué me mira así? — Había comenzado a tutearlo.

— ¡No sé! Te veo diferente. — Le comenzó a tutear igualmente.

— ¡Quizás, porque tengo el pelo enrollado!

— No es, sólo, eso: te has, pintando: los labios con otro color, también tus pómulos tienen algo de polvo y, se acercó un poco, te has delineado los ojos. ¡Eso, es! ¡Bravo! ¡Estás hermosa! Ahora, sé de dónde viene la belleza de tu hija.

— ¡Ella es más hermosa! Sacó más de su padre que del mío.

— ¡Quizás, físicamente porque, en lo espiritual, son como gotas de agua!

— ¿De verdad? Me da gusto escucharlo. ¡Así que te fijaste! — Se acercó a la mesa y colocó sus codos en ella para tomarse la tisana de yerbabuena.

Aquel gesto provocó que sus senos salieran, un poco, de su escote en forma de triángulo. El Roro los miró y, para no ser indiscreto, bajó la mirada; una sonrisa pícara se dibujó en su rostro. La mujer parecía que lo estaba seduciendo sutilmente. Él se dijo: «acaba de salir de la menstruación y está alborotada. ¿Estará con ganas? ».

Luego, la dama agarrando un aire enseñoreado, le preguntó

— ¿Qué le parece si nos tomamos el café en la sala? Me interesa ver las noticias de la noche.

La mujer no esperó la respuesta del joven y levantándose con su taza en mano, se dirigió a la sala; le dio vuelta al botón de encendido del televisor, en blanco y negro; se acomodó sobre un sillón de varias plazas y, jalando un pequeño taburete, colocó sus pies para que descansaran.

El Roro llegó con su café y se sentó dejando un espacio de por medio. Ella lo vio y le dijo que no se pusiera muy lejos que no se *lo comería*; además, no le gustaba gritar al platicar.

El chico obedeció y se acercó, como el mueble estaba forrado de algodón se hundía. Al momento de sentarse, el cuerpo de la mujer se inclinó sobre él provocando que su pierna casi se le subiera. Igualmente casi lo baña de tisana. Unas gotas cayeron sobre la pierna del cipote y, cómo estaba caliente, lo único que pudo hacer fue, aguantarse.

Un poco avergonzada, la mujer se enderezó y, con la misma, se puso a secarle la pierna con la mano sin tomar en cuenta que estaba muy cerca de sus partes íntimas. Quizás, por inercia o descuido, la mano se deslizó hasta tocarlo. La retiró rápidamente pidiéndole disculpas. El chico, simplemente, sonrió diciéndole que apenas lo había tocado.

Ruth se puso *seriecita* y, musitando una pequeña sonrisa apenas visible, clavó los ojos en la *tele.* Como sus pies se habían bajado del taburete, los volvió a colocar estirando sus piernas. Hundió, *la falda del vestido* entre sus dos piernas y colocó sus dos manos con la taza, como alguien con frío. Ese gesto provocó que la prenda dejara descubierta la mitad de las piernas.

— ¿Tiene calor o frío?

— Un poco de frío. —Le contestó el joven tomando su bebida.

— Yo, un poco de calor. —Se estiró el vestido queriendo despegarlo de su cuerpo. ¿Cuándo irá a visitar a sus padres? Deben estar preocupados.

— Estaba pensando que este fin de semana o el otro.

— Me lo saluda. No los conozco pero, por usted, los aprecio.

— Haber ¿cuándo va por esos lados? Hay playas muy hermosas: Costa Azul, Metalío, Barra de Santiago, Garita Palmera, Bola de Monte, El Zapote y otras más. Hasta, le puedo llevar a conocer la frontera de la Hachadura.

— ¡Me gustaría! Sin embargo, no lo creo posible. *Está, verde* para eso, no puedo dejar mi negocio; si no lo atiendo no comemos. Además, está, mi hija que no la puedo dejar sola.

El chico sonrió y agregó:

— ¡La invitación queda ahí! Mi familia se sorprenderá cuando les hable de usted y su hija. No me lo creerán.

— ¿Qué cosa?

— Ellos creen que usted es una señora de edad avanzada. ¡Cuando, les diga que es toda una dama: hermosa, educada y muy amable! Querrán conocerla de inmediato.

— ¡Eso piensa de mí! — Le dijo casi ahogándose, con el trago de tisana.

— ¡Claro! Para mí, eres una mujer *hermosísima*. En todo aspecto. Hasta, me siento extraño tuteándote.

— ¡No soy bonita! Pero, ¡gracias! Tus palabras me hacen bien. Y no dejes de tutearme porque me gusta, quizás delante de mi hija, de usted. No sé ¿qué pueda pensar? Para ella, soy una vieja.

— Viejos son los caminos y seguimos caminando sobre ellos. Tú eres joven, hermosa y sana. Apuesto que por tus venas la sangre sigue bombeando como cuando eras más joven.

En ese momento preciso, el corazón de la mujer palpitó extrañamente con cada palabra de halago que recibía.

— ¡Para qué te lo voy a negar! Sigo siendo mujer, tengo sueños y deseos. Sólo que la vida me ha enseñado a reprimirlos para protegerme. Tengo hija y debo velar por su bienestar.

— Te puedo hacer una pregunta, desde: ¿Cuándo no haces el amor?

La mujer no se esperaba aquella pregunta y se sonrojó mucho. Como se tardó en contestar, el chico le dijo:

— Perdona mi indiscreción, sé que esas cosas, no se deben preguntar. Si te incomodé, perdóname.

— No hay problema, me tomaste desprevenida. En verdad, no he hablado de estas cosas con nadie, es nuevo para mí. —Casi murmurando, agregó: sólo lo hice una vez y quedé embarazada.

— ¡Guau! Eres muy fértil.

— ¡Y tonta! Mirando atrás, me doy de cuenta que estaba en mi periodo fértil. Hoy, hubiera sido distinto. Errores de juventud que no deseo que mi hija cometa.

— Los deseos de los padres, distan mucho, de los hijos.

— Es verdad pero, nuestro deber es cuidarlos y protegerlos. Ellos, lo contrario.

— En eso tiene razón. Uno de joven es bastante inquieto, aventurero y, hasta imprudente.

— No todo es malo. Sin aventura ni imprudencia no se aprende nada nuevo. Solamente, hay que ponerle un poco *de freno al acelerador*. Con la edad, uno se vuelve demasiado precavido, temeroso y, hasta, exagerado.

— Se dice que la experiencia da alas, por eso las personas mayores hacen las cosas con mayor normalidad.

— Pero ser mayor no significa que se tenga experiencia. Míreme, tengo una hija mayor y solamente tuve un novio, un hombre y, hasta, ahí llegó mi experiencia. Así como me ve, soy novata en muchas cosas; hasta, creo que mi hija me aventaja porque en las escuelas de hoy, les enseñan muchas cosas. Hablo en relación al sexo y todo lo que tiene que ver con eso.

— ¡No crea tanto! Lo aprendemos con los amigos o en la calle.

— De todas maneras, en cierta manera la experiencia es buena. ¿Tú tienes mucha experiencia con las mujeres?

— Más o menos. Todavía tengo mucho que aprender. Pero no soy novato, en ese arte.

— ¡Qué bueno! —Se quedó como pensativa viendo la televisión y dando, pequeños, sorbos de la bebida caliente.

El Roro aprovechó para ponerle, la mano, más cercana en la rodilla descubierta. La mujer, solamente, bajó los ojos para ver la mano y, seguidamente, los subió, como no queriendo darle importancia. Con el borde de los dedos, el joven comenzó a sobarla subiendo centímetro a centímetro. Él sabía que con las mujeres maduras no se debía *andar por las ramas ni hablar de pajaritos preñados*. A ellas, por lo general, les gusta que se le diga al pan, pan; y al vino, vino. Más directo y sin tanta *paja o casaca*.

— ¡Tiene hermosas piernas! ¡Me gustan! —Le dijo sin mirarla.

— ¿No soy muy flácidas? — Las unió un poco.

— No. Se ven sólidas, suaves y delicadas. — Colocó toda la mano, metiendo la punta de los dedos en medio de las piernas.

— ¡No son como las de mi hija! Ella las tiene hermosas. —Las abrió un poco, lo justo para que la mano se deslizada por completo.

— Las suyas son tan hermosas como las de ella. Incluso, quizás, me gustan más éstas. Su color moreno claro las hacen más atractivas. — Abrió un poco más las piernas.

— No le vaya a decir eso, se sentirá mal.

La mujer, hasta, se deslizó despacio para apoyar su espalda sobre *el lomo* del sofá. Al hacer ese gesto, su vestido se subió y, casi pone en evidencia su tesoro. Aquella señal, invitaba a seguir jugando con los dedos. Quiso llegar hasta el tope pero, al tocar el *blúmer*; ésta, reaccionó cerrando sus piernas por puro nerviosismo.

Bajó, bruscamente, una de sus manos y la colocó sobre la mano traviesa. Lo detuvo en seco, apretó fuerte y la dejó inmóvil por varios segundos. Luego, la retiro del lugar de manera forzada, como no deseando dejarla partir. Cerró sus ojos y respiró despacio. La sacó y la puso en la pierna del chico.

— Me haces sentir cosas. ¡No creo que sea correcto! —Se quedó con los ojos cerrados.

— Lo siento, tiene razón. Me iré a estudiar. ¡Buenas noches! —Se levantó y se marchó.

Ruth abrió sus ojos y, al verlo marcharse, sintió el deseo de detenerlo. Hubiera querido decirle que, simplemente, se había sentido, un poco, incomoda. Todo aquel alboroto interior era algo nuevo para ella y, aunque, le daba miedo, deseaba seguir experimentándolo. Se sintió, un poco mal, se había vuelto a mostrar un poco tonta.

Con la piel encendida y unas ganas enormes de ir a buscarlo, se quedó en la sala magullando su cobardía. Trató de convencerse que era correcto lo que hacía pero ni ella misma se lo creía. Una lucha interna entre el bien y el mal, la ponía hasta de mal humor. Trató de desviar la atención metiendo sus sentidos en la tele pero le fue imposible, decidió mejor ir a dormirse.

Se preparó con la idea de caer redonda sobre la cama. Un baño no le caería mal para espantar aquellos deseos carnales. Al pasar, por el cuarto del chico, a bañarse y hacerse la limpieza de cada noche, lo vio de espaldas leyendo algo. Deseó ir a saludarlo y disculparse, pero su orgullo no se lo permitió. Al regresar, tuvo el mismo deseo, pero volvió a negarse. Al bañarse, al pensar en la escena, le dieron ganas de masturbarse. Sus temores y normas católicas, se lo impidieron; apenas, se rozó sus partes. Inclusive se puso a rezar para tratar de sofocar aquel deseo ardiente.

Había pasado *como un rayo* por la puerta del muchacho para evitar la tentación. Se acostó y no pudo cerrar los ojos. Comenzó a dar vueltas en la cama. Cada vez que los cerraba, volvía a la misma escena y su cuerpo se encendía. Un calor envuelto en deseo, le subía como hormigas en su piel. Sus partes íntimas, le pulsaban como pequeñas agujas; un sudor pegajoso, la hacía transpirar. En cierto momento, no pudo más; se sentó en la cama. Pensó en una infusión de valeriana, orégano o de manzanilla para calmar la ansiedad y la tensión.

Se fue a la cocina y se la preparó; desde ahí, se fijó que el chico todavía estaba estudiando. No era muy noche, ni siquiera el reloj había llegado a las diez. Al tomar la bebida, sin más, decidió ir a verlo; algo se le ocurriría en el camino. Sentía, la necesidad de estar cerca de aquel joven. Él la hacía vibrar por dentro. Se sentía como una jovencita y sus primeros intentos de acercamiento con el sexo opuesto.

Para no asustarlo, lo saludó al llegar. Le dijo que le llevaba algo de beber para ayudarlo a mantenerse despierto. Colocó, la taza, sobre una esquina del escritorio y, se sentó, sobre el borde de la cama individual, no muy lejos de él.

El chico, al verla, se dio media vuelta, porque estaba viendo la pared. La saludó y agradeció con una bella sonrisa la bebida. Luego, le dijo:

— No me molesta su visita. Casi termino y, creo que me merezco, una pausa. —Al darse la vuelta, quedó frente a ella. Sus rodillas casi chocaban. Por esa razón, la mujer abrió las suyas.

— ¿Le molesta si me quedo un ratito? —Puso sus manos sobre las rodillas y sintiendo, un poco, de *pena* agachó su mirada.

— ¡Para nada! Al contrario, gracias por traerme la bebida y hacerme compañía. —Le colocó las manos sobre sus manos.

— No podía dormir. También, quería… pedirle disculpas.

— ¡Disculparse conmigo! ¿Y eso?

— Antes me comporté como una jovencita, al salir corriendo. Hoy, como una *mojigata*. De seguro se habrá reído, una mujer madura actuando como una inmadura.

— ¡Jamás me reiría! No tiene ¿por qué disculparse? Al contrario, el del error, aquí soy, yo. Creo que se me pasó la mano. No quiero poner pretextos, pero su belleza, me atrajo demasiado; me quemé. Mis manos y mis dedos fueron incapaces de mantenerse tranquilos.

— Como le dije, no he tenido mucha experiencia con los hombres. Soy bastante nula en eso. Me había bloqueado a ese sentir, al experimentarlo de nuevo, no he sabido cómo actuar. Hasta me da vergüenza admitirlo.

— No quería ofenderla. Hacerla sentir mal.

— No me ha ofendido. Al contrario, quizás tenga que agradecerle; ha despertado un bello sentimiento. Es raro, pero es bonito.

— ¿Le gustaría sentirlo de nuevo?

— ¡No lo sé! — La mujer quitó las manos y se recostó un poco sobre la cama. Colocó sus codos para sostenerse.

El Roro, agarró, las piernas con las manos y levantándolas, suavemente, las colocó sobre sus piernas. Se acercó a la cintura y deslizó sus manos hasta las caderas de la mujer.

Poco a poco, le atrajo hacia él sin que ella pudiera impedimento y cuando casi estaba cerca, la mujer, le dijo:

— No me siento preparada. —Se enderezó y sacando las manos de sus nalgas, las colocó sobre sus piernas.

— Pero, ¿le molesta qué la toque?

— No me molestan sus caricias, sólo que tengo un conflicto interno.

— ¡Entiendo! Entonces, mejor dejémoslo así. —Quitó las manos sobre las piernas y las colocó en la cintura.

— ¡Gracias! —Le colocó sus manos en los antebrazos. Luego, se puso a acariciarle la barbilla, suavemente. ¡Verdaderamente, gracias!

— ¿Le gustaría que hiciera algo?

— ¡Me da un abrazo!

El Roro la jaló por la cintura y se la sentó sobre sus piernas; luego, la enrolló con las manos. La mujer se dejó abrazar y se enrolló en el cuello. Ahí permanecieron varios minutos, hasta que algo se le iluminó a la mujer y le dijo:

— ¡Sabes, una cosa! La puerta del cuarto del inquilino, se abre de este lado. Buscaré la llave para abrirla. Me gustaría saber si la llave todavía sirve. — Lo dijo como pretexto para separarse.

La mujer se levantó y elevando, una de sus piernas se liberó de aquella atadura humana. Cosa de airar el momento porque se sentía muy cómoda en los brazos del chico y su cuerpo estaba a punto de ceder.

Fue por la llave y, al ratito, estaba de regreso. Juntos fueron al lugar, cerca del baño, la puerta no estaba muy lejos. A la primera, el candado se abrió. Como la habitación, estaba, oscura. Ambos se quedaron bajo el marco de la puerta, la luz que entraba era suficiente para iluminar el pasillo de la habitación. El joven entró y jaló el cordón del foco para encenderlo.

El bombillo se iluminó pero con la misma se apagó. El chico pensó que se había quemado y se quedó, callado, queriendo saber qué había pasado. Luego, la mujer le dijo que había sido la luz que se había ido. Ella no se movía del marco de la puerta.

— ¡Tengo miedo! — Le dijo sin moverse.

— ¡Tranquila! Aquí estoy. —Se acercó y tomándola por la cintura, la abrazó.

Ruth se *apercolló* del joven y ambos se abrazaron. La topó contra un lado del marco de la puerta y le dijo:

— ¡Aquí estoy para protegerla!

— ¡Protéjame! No se despegue de mí. —La mujer se apretaba fuerte a él.

Al sentir que la mujer más que abrazarlo, lo seducía; *se lanzó al vacío sin paracaídas*. Le levantó una pierna para toparla y puso, en práctica, todas sus mañas de seductor. A los minutos, la tenía con el calzón en los pies y acomodándose para sentir la primera experiencia sexual en años. La mujer se destapó por completo y dio, el todo por el todo: sin malicia ni pudor ni leyes.

En aquel silencio se amaron, locamente, haciéndola estallar como volcán intermitente. Ni el «Faro del Pacífico» hacía competencia. El deseo fue tanto, que Ruth, esta vez, no se quedó con las ganas. Se unió al baile del amor y lo invitó a bailar la melodía preferida. Luego, sin importar si la cama del inquilino estaba limpia, terminaron haciendo el amor en ella.

A eso de la medianoche, volvía a su cuarto con una sonrisa de mujer en su rostro.

« Renacer a una vida nueva implica haberse sumergido en las aguas de un pasado para resurgir en la mañana de un futuro»

PROTESTANDO SIN SABER POR QUÉ

Ese lunes, cuando llegaron a la institución, el Roro y el resto de estudiantes, se encontraron con muchas pancartas y papeletas anunciando el paro de labores; además, invitaban a los estudiantes a unirse a una marcha de protesta que se realizarían en los tres departamentos más importantes del país: Santa Ana, San Salvador y San Miguel.

Esa mañana, los profesores, apenas, se reunieron con sus alumnos para informales de la suspensión de clases en las aulas. Con la idea de recuperar clases en sus estudios, les propusieron hacer resúmenes, trabajos grupales y, hasta, pequeñas investigaciones. Eso sí, estaban obligados a participar en dichas manifestaciones políticas.

El Roro se encontró con la novedad que *Fumo* había reclutado otro estudiante, el *Chasca*, por chascarrillo. Por su parte, *Claus*, estaba discutiendo con su amiga, la *Gata*, para decidir si se unían al grupo del Roro. Al verlas, el chico se acercó para saludarlas y, con la misma, preguntarles sobre la decisión de unirse.

Aracely no había tenido la oportunidad de conversar con el Roro y, al parecer, *le cayó* muy bien. Ellas habían aceptado pero cuando les habló del nuevo miembro, no mucho les gustó la idea. A Claus, no mucho le entusiasmaba trabajar con tantas personas porque, según ella, casi siempre terminaban trabajando dos. El resto se la pasaba *guevoneando*.

Luego de una corta explicación, las dos mujeres aceptaron. El que más entusiasmado estaba con aquella decisión fue, el Chasca porque le había puesto el ojo a Claus. Decidieron juntos, la manera de trabajar. Lo más neutro resultó buscar un restaurante o un café, la razón era que tres jóvenes vivían en las afueras de la ciudad morena: Chalchuapa, Juayúa y Armenia. El Roro tampoco podía llevarlo a su apartamento porque era muy pequeño para cinco personas. Claus, era la única que vivía en una casa que pertenecía a sus padres. Por la apariencia muy desaliñada y, hasta, descuidada, creían que era una pobretona.

Aquella percepción rápidamente cayó al vacío cuando los invitó a unirse a la marcha. La mujer tenía un vehículo, para cinco, bastante nuevo. Desde que se metieron a la nave, todos quedaron impresionados. A pesar de todo, el Chasca, lanzó una pequeña broma:

— ¿Y ésta, nave, a quién se la *gueveaste*? — El codazo del Roro no se hizo esperar, por la imprudencia del comentario.

— ¡No es mía, es de *mis rucos*! — Le respondió un poco seria.

— ¡Es buena marca! Los Toyota tienen motor buenos y son fiables. —Agregó el Fumo.

— ¡Puede ser! No sé mucho de eso, lo único que sé es manejarlo. Hasta meterle *gas* me cuesta.

— Entonces, cuando necesites algo me llamas para ayudarte. Me gustaría meterle mano. —Se entusiasmó el Fumo porque amaba todo lo que tenía que ver con los autos. De hecho su ídolo era un tal «Villeneuve», corredor de la escuadra Ferrari que participaba en competencia de autos veloces «Fórmula Uno».

Casi murmurando al oído, el Chasca, le dijo al Roro que a él le gustaría *meterle mano* a la dueña. Le dijo que estaba espectacular con ese aire rebelde y brusco. El chico esbozó una sonrisa y le echó una mirada a la bicha. Parecía que su nuevo amigo veía algo en la mujer que se le pasaba por alto.

Por el retrovisor, la chica se fijó y preguntó:

— ¿Y ustedes qué tanto *cocinan*? Por la sonrisita de babosos imagino por dónde anda el asunto. De una les digo, si no van a tomar las cosas en serio, mejor se me van bajando de la *nave*. Con *gorrones y picaflores* no quiero lidiar. ¡Estoy harta de tanto machismo!

La mujer paró el vehículo y esperó la respuesta. El Roro le volvió a pegar en las costillas al chero y le respondió:

— ¡Descuida! Por mi parte, te aseguró de que no soy de esos tipos.

— ¡Yo, también me disculpo! Aunque ¿no sé por qué? Que yo sepa. No he hecho nada.

— Era para poner las cosas en claro.

— ¡Qué *geniecito* se maneja! ¡Ésta, come alacranes en el desayuno!—Murmuró el Chasca.

El carro se puso en marcha y al llegar a la ciudad, no pudieron avanzar mucho porque las calles estaban cerradas por la marcha. Claus, les propuso dejarlo ahí y, ella, iría a dejar el carro a su casa; luego, se uniría a ellos en la marcha.

Para el Fumo y el Chasca, aquello era algo divertido. Era la primera vez que participaban en una manifestación callejera. Inclusive, consiguieron banderas y, hasta, pañuelos rojos. El Fumo aprovechó para sacar un *pitillo* y lo compartió con el Chasca, el Roro no quiso *entrar al asunto*. Al *ratito*, los dos cheros estaban saltando y pasándola bien en dicha manifestación.

Como a la media hora, las chicas se unieron. Claus aceptó el cigarro de mariguana pero no Aracely. Se pusieron a caminar y, mientras marchaban hacia la catedral que era el lugar de reunión. El Roro comenzó a observar gente rara que se había filtrado en dicha caminata. Observó gente con *cuetes* escondidos, tomando fotos y con mochilas para acampar. Un sentimiento de desconfianza y desazón le comenzó a *picotear* dentro.

Lo dijo, a sus cheros y, al principio, no le hicieron caso. Luego, la *Gata* se unió a aquella desconfianza. Antes de llegar a la catedral, el ambiente se comenzó a encender. En ese momento, el Roro habló con los amigos, diciéndole: he hecho acto de presencia, he cumplido y si ustedes no van *chambear* en los trabajos de grupo, prefiero retirarme.

Viendo la seriedad del asunto, las dos mujeres decidieron unirse al bicho. Los otros dos miembros, al final, aceptaron dejar aquella manifestación. Cortaron camino y decidieron buscar un café para sentarse a planificar los trabajos. Ni siquiera se habían alejado quinientos metros, cuando una bomba explotó. Los disparos comenzaron a escucharse y el relajo se armó de inmediato.

Los cinco *cheros*, al oír aquel *sopapo*, simplemente agacharon las *chontocas* y encogieron los hombros. Con la misma, se pusieron a correr en línea recta sin importar hacia dónde lo hacían. Cuando ya se habían alejado lo suficiente, se pararon con una sonrisa nerviosa y con el *cucharón* palpitando a toda máquina.

Al no saber ¿adónde ir? Y viendo que estaban cerca de la casa de Claudia; ésta, los invitó a su vivienda. La siguieron y, al llegar, los cuatro cheros se quedaron nuevamente con la boca abierta. Era una casa de lujo con portón electrónico, guardias de seguridad y servidumbre. La bicha era toda una caja de sorpresas.

Al entrar, la muchacha muy amable saludó a los trabajadores y les presentó a sus compañeros de estudios. Fueron ellos quienes les dijeron sobre el relajo que se había armado en el centro de la ciudad: habían quemado vehículos, quebrados vidrios, saquearon algunos almacenes y muchos heridos. Eso fue lo que mencionaron las radioemisoras locales.

Les dio un pequeño recorrido por los lugares principales de la casa: sala, dormitorios y el patio con piscina incluida. Luego, les sugirió trabajar en el patio, cerca de la piscina. Ahí había mesas y sillas suficientes para estar cómodos. Al rato, una señora les llevó unos frescos de frutas naturales.

Se pusieron a organizar el trabajo y, de una, le entraron fuerte. La que tomó el mando del grupo fue Claus, su liderazgo fue aceptado por todos. Trabajaron tan bien que hicieron la mitad de los trabajos antes de finalizarla tarde. Así que tomaron una pausa para comer algo. También fue el tiempo para la socialización.

Claudia, no pudo negar sus orígenes, y les confesó que su familia tenía bastante *billete* y que era originaria de San Miguel. Aracely, por su parte, le dijo que su familia no era tan rica pero que tenía las comodidades necesarias para vivir cómodamente. Los otros dijeron que sus familias tenían: una venta de ladrillos, una finca de café y, el Roro, dijo que su padre era agricultor.

En esa conversación, salió a la luz que cuatro de los integrantes no conocían verdaderamente el lago de Coatepeque. Aracely era la única y les mencionó que, inclusive, tenía un tío que vivía en el lugar. Al escuchar aquello, el Fumo bromeó diciendo que podría ir a terminar los deberes en ese lugar. De esa manera, *mataban dos pájaros de un sólo tiro*. Todos *tomaron de buena gana* aquella sugerencia y la Gata, les dijo que podría preguntar al tío.

Comieron unos emparedados que les prepararon y continuaron trabajando. A eso de las cinco de la tarde, el Chasca, con el dolor de su alma, les dijo que se tenía que retirar porque necesitaba llegar a su casa. Los otros miembros también expresaron su deseo de marcharse antes de que cayera la noche.

Claus, le dijo a uno de los vigilantes que llevara al Chasca hasta la parada de buses que iban para la capital. El Fumo se unió al *aventón* pero éste porque tenía otro encuentro previsto con anticipación. Necesitaba abastecerse de mariguana.

Al quedar los tres, se pusieron a trabajar durante una hora. Al ver que Aracely no daba muestras de querer irse, el Roro le preguntó la razón. Ésta, le dijo que su amiga la había invitado a quedarse. En ese momento, el chico les mencionó que él también *ahuecaba* el lugar. Claus le invitó a quedarse, por la insistencia de su amiga que parecía atraída por el chico. Él, les mencionó que la familia dónde se estaba quedando estaría preocupada.

La dueña de la casa, le propuso que hablara por teléfono y, de ese modo, las tranquilizaría. Además, los tres avanzarían mucho en los trabajos escolares. Al no tener más excusas, llamaron a la casa de Ruth y, luego, se metieron a los estudios. Más o menos, como a las siete de la noche se comenzaron a escuchar algunos balazos. Como la casa tenía segunda planta, los tres se subieron al techo y, desde ahí, observaron las luces que dejaban los disparos al salir.

En ese momento, Claus, les confesó el deseo de unirse a los rebeldes. Deseaba estar en la acción y no ser simple observadora. Sus dos cheros le comenzaron a preguntar las razones y sus respuestas parecían llenas de profundidad, decisión y determinación. Lo único que, le hacía falta, era perder el miedo a la muerte.

Cenaron y al terminar de comer, se pusieron a ver un poco de televisión para ver las noticias y, a eso de las nueve, se propusieron dar el último esfuerzo del día.

A las diez de la noche estaban terminando uno de los trabajos. En ese momento, Claus les asignó los cuartos para dormir; les dio ropa y, hasta, cepillos dentales. La casa tenía de todo. Cada quién agarró para su dormitorio supuestamente a dormir. Al rato, el Roro escuchó unas carcajadas. Era la Gata que se reía como loca. La curiosidad pudo más que la prudencia y decidió salir a ver.

Las dos chicas estaban cerca de la piscina, recostadas sobre unas sillas que parecían camas. Al verlo llegar, lo invitaron a unirse. El chico agarró otra silla y se acostó a un costado.

Las dos mujeres estaban fumando mariguana y su efecto se veía, aunque de manera diferente: Aracely reía por cualquier tontería, mientras que Claus estaba un poco seria y, hasta, melancólica. Le ofrecieron el cigarro pero el chico prefirió abstenerse, aunque con el humo tuvo suficiente para sentir un pequeño mareo.

De repente, Claudia se puso de pie y dijo que se daría un chapuzón. Se quitó la ropa de dormir, pijama y la blusa, quedando sólo en calzón. En ese momento, el Roro pudo comprobar lo que su chero, el Chascarrillo, había dicho. La bicha tenía un cuerpo sin mucha grasa y muy bien contornado. La mujer se mandaba un tatuaje en la espalda, cerca de *la colita*. Era una especie de flor que salía con mucha elegancia. Al bicho se le salieron los ojos al observarla y Aracely se fijó; sintiendo un poco de celos.

Estando en el agua, la *cipota* los invitó a unirse. El Roro no lo pensó dos veces y se lanzó. Aracely, se *moría de ganas* por lanzarse pero se negó. La razón era simple, no sabía nadar pero para o ser aguafiestas. De igual manera, se quitó su prenda y buscó la parte menos honda. Al contrario de Claudia, la Gata estaba un poco pasada de peso; *las llantas* se veían en su estómago y en sus piernas; también tenía unos pechos que doblaban los de la otra chica.

El Roro y Claus se retaron a nadar haciendo varias vueltas a la piscina. La chica le ganó con creces; luego supieron que había sido campeona de natación a nivel nacional. Al final, los dos delfines se unieron a la Gata quien los veía nadar desde la orilla. Además, la *cipota* se sentía un poco avergonzada por su cuerpo. Tenía un problema de autoestima.

Se pusieron a platicar de todo y de nada. En cierto momento, Claus tratando de subir la moral a la amiga, le dijo:

— ¡Tus senos son bonitos! Toda mujer sueña con tenerlos así y, a los hombres, les encanta. *¿Verdá*, Roro? — El amigo que seguía la conversación le confirmó con un movimiento de cabeza.

La Gata, un poco *chiveada*, le respondió:

— ¡Puede ser! Sin embargo, solamente aquella que los tiene grandes, sabe del fastidio de lidiar con ellos. La espalda duele mucho por el peso.

— ¡Los míos son muy pequeños! — Se enderezó para sacarlos fuera del agua y mostrarlos.

Claus le apagó un ojo, al Roro, para que dijera algo a favor de la amiga. Como la joven no los quería sacar del agua, el chico se acercó y agarrándolos por debajo del agua, los sacó a flote. Apenas, le cabían en las manos. Las dos mujeres se quedaron sorprendidas por el gesto.

— ¡A los hombres nos gustan grandes! Éstos están hermosos.

Luego se dirigió a Claus, que estaba al costado. Le puso, las dos manos cubriéndolos por completo, y dijo:

— ¡También, los tuyos están hermosos!

— ¡Sí, pero no los mallugues! —Le dijo retirándole las manos.

— Lo que veo es que no se los han mamado. Sus pezones no están abultados.

— ¡A mí, sí! Aunque sólo una vez. No me gustó porque me dolió mucho. —Dijo Claudia.

— Eso significa que quién te lo hizo era un novato.

— ¡Sabes que sí! Ambos estábamos en pañales.

— ¡Cuando se hace bien! La mujer goza de lo lindo. —Les levantó una ceja en signo de coqueteo.

— ¿Por lo que veo presumes de experiencia en ese campo? — Preguntó, Claudia.

— Más de una y menos de veinte.

— ¡Interesante! Pero yo los tengo que dejar. ¡Se quedan en su casa!

Cuando subía las escaleras de la piscina, les mostró en todo su esplendor el tatuaje en su *colita*. Sin contar que no tenía bellos en sus partes íntimas, cosa contraria de la otra jóven.

— ¡Me gusta tu rosa! —Le dijo el Roro con una sonrisa de pícaro.

— No es rosa, es clavel. —Le respondió sin verlo.

— ¡Lástima que no se ve completo!

— ¡Lástima! —Le dijo regalándole una bella sonrisa.

Se colocó una toalla a su alrededor y, sin mucha malicia, se quitó la única prenda que tenía sobre ella. La mujer sabía que el chico la seguía mirando. Al alejarse, volteó a ver al mirón y al confirmar que la veía. Se quitó la toalla y caminó desnuda hacia la casa. Mientras tanto, Aracely veía al Roro con cierta envidia. Aquellas palabras y miradas, las hubiera querido recibir ella.

Al estar solos, la chica volvió con el tema de sus senos. Quiso confirmar que le gustaban al joven.

— ¿En verdad te gustan los senos grandes?

— ¡Mucho!

— ¡Aunque no tengan los pezones abultados!

— ¡Eso no es problema! —Le dijo poniéndose enfrente y agarrándolos bajo el agua sin que la mujer pusiera resistencia.

— ¡No!

— Para nada. Unas dos *mamaditas* y todo queda perfecto. —Se puso a jugar con los dedos pulgares alrededor de ambos pezones.

— ¿Te molestaría hacerlo conmigo?

— ¡Estaría encantado!

En ese momento, la chica estaba con sus senos flotando en la superficie del agua. Así que se puso de pie para sacarlos a relucir y el joven se puso de inmediato a sacarles punta. A los pocos minutos, la tenía con el calzón en los tobillos y gimiendo de placer, apretada al muchacho. No hicieron el amor porque ninguno de los dos tenía protección. Como a la hora, ambos estaban entrando a sus cuartos.

Al día siguiente, llegaron los otros dos miembros. Aracely sólo era sonrisitas con el Roro pero éste no mucho le *quería dar bola*. Por alguna razón, le atraía más Claus. Ese día, el Chasca le comenzó *a tirar los perros* a Claudia y la mujer no le dio ni la hora al pretendiente; se mostraba más inclinada a platicar con el Roro. Un poco de celos y frustración se vio en el semblante del conquistador.

La Gata habló con el tío y quedaron en ir, ese mismo día. Les comentó la noticia al resto del grupo y todos se apuntaron. Como dicen: «*para la jodarria, nunca hay pedos*».

Trabajaron y casi dejaron terminado el último deber. A eso de las cuatro de la tarde jalaron para el lago de Coatepeque. A la media hora estaban en la casa del tío, a esa hora el espectáculo era hermoso. El familiar de Aracely los estaba esperando con café y quesadilla para merendar. De igual manera, les había preparado unas mojarras asadas y sopa de mariscos. Los trataba a cuerpo de rey.

Desde la casa se podía observar la hermosura del lugar y la isla Teopán reinando a un lado del lago. También, en la distancia, se observaba la punta de las montañas de Apaneca. Ese día, era luna llena y antes de anochecer, la claridad del astro blanco presagiaba una noche cálida y bañada de estrellas.

Mientras cenaban, el tío les habló del lugar, de sus atracciones y de sus leyendas, sobre todo del cuento de la isla de los suspiros o murmullos. Era la misma isla Teopán que, según el tío, los indígenas llamaban: «lugar donde los dioses hablan o murmuran».

Según el pariente, la isla era un antiguo lugar sagrado de los indios, náhuatl. Ahí celebraban sus ceremonias religiosas y se ponían en oración para escuchar a los dioses. Según el cuento, cada vez que los dioses hacían un milagro, las aguas del lago se transformaban en color turquesa. Y sólo sucedía cuando la luna estaba llena. Los indígenas realizaban sus ritos en un lugar casi en el *copete* de la isla, cerca de una vertiente de agua azufrada. No era difícil dar con el lugar porque todavía existían los vestigios de aquel lugar sagrado, cuatro piedras colocadas en dirección de los puntos cardinales y, en el centro, todavía se podían ver las piedras quemadas en la hoguera que encendían.

A eso de las ocho de la noche, les llevó a dar una pequeña visita del lugar y los subió a una pequeña barca para ver desde el centro del lago la belleza de aquel rincón en medio de las montañas. El «*cerro de las serpientes*», significado de Coatepeque, mostraba la huella entre las montañas de los flujos de agua que bajaban en tiempos de invierno.

Regresaron a eso de las diez de la noche. Hicieron una fogata y continuaron disfrutando del paseo. El tío les había acomodado una habitación, a los hombres y, otra, a las mujeres. Hicieron una hoguera en el patio y se sentaron a conversar los cinco. En un momento dado, Fumo dijo:

— ¡Saben una cosa! Me gustó el cuento del tío de Aracely. — Le decían: Gata, solamente a su espalda.

— ¡Sí, y ahora es luna llena! — Dijo con aire de interesante Claus.

— ¿Qué les parece si le hacemos una visita sorpresa a la isla de los suspiros? —Dijo Chasca.

— ¡Isla de los susurros de los dioses! — Agregó el Roro.

— ¡Murmuros! —Puntualizó la Gata.

— Le puedo pedir prestado unas canoas a mi tío.

— ¡No será peligroso! Mira que Aracely no sabe nadar. —Dijo el Roro.

— ¡No hay problema! ¡Yo he sido salvavidas! —Agregó Claus.

— ¡Y si fuera necesario! ¡Miren! — El Fumo les mostró una especie de navaja de afeitar.

— ¡Presta, a ver! —El Roro, la pidió prestada porque le apreció bonita.

— ¡Pero es, *de ida y vuelta*! Es un regalo de mi abuelo. — El Fumo le pidió que se la regresara luego.

Todos estuvieron de acuerdo en pedir las embarcaciones. Al hacer el pedido, el pariente accedió, no sin antes, advertirles de tener cuidado. Las aguas del lago eran traicioneras por las ráfagas de aire que circulaban, sin contar que, en ciertas zonas, había muchas ninfas y enredaderas. Aún así, los chicos aventureros se lanzaron a la conquista de aquella isla a un costado del lago.

En dos canoas atravesaron el lago y llegaron al lugar en un santiamén. La luna blanca ponía cierto misterio en las figuras de aquellos personajes que caminaban midiendo sus pasos a través de las piedras, raíces y arbustos. El canto de los grillos se armonizaba con la voz sonora de los sapos, los murciélagos y lechuzas que atravesaban velozmente sobre las cabezas de aquellos intrusos. Un olor extraño, azufrado, comenzó a sentirse cada vez más fuerte. Una neblina espesa se iba posando conforme subían aquella pendiente y, de pronto, todo el grupo se vio en medio de un círculo de piedras. Las cenizas y, algunas, rocas negras les advirtieron que estaban sobre la fogata sagrada.

— ¡Aquí debe ser! — Dijo el Chasca mientras se dirigía al tótem que, supuestamente representaba el punto norte.

Los otros miembros se dispersaron por el lugar y se sentaron en otras rocas. Aracely tuvo la suerte de encontrar la fuente de los olores, una pequeña poza de agua, no más grande de un metro cuadrado.

Estando absorbidos por el ambiente, apenas le hicieron caso. El Fumo se acercó al centro, unió varias piedras tratando de hacer una especie de hoguera. Los otros chicos le ofrecieron ramas secas y algunas hojas. Sacó una cajetilla de fósforos y la encendió. Aquel fuego iluminó de manera especial el lugar, se sentía algo bonito, extraño y, hasta, místico. En cierto momento, los cinco amigos se colocaron alrededor de aquella fogata. El silencio se hizo de la partida y los invitó a meditar.

Cómo deseando huir de aquella invitación personal, el Chasca se sacó un chiste de mal gusto relacionado con las creencias indígenas. El resto del grupo no le hizo caso al chascarrillo y se limitaron a ignorarlo. El Fumo quiso ponerle un poco de sabor al ambiente, sacó un pitillo y lo encendió. Luego, se acostó mirando las estrellas, se puso a fumar y dijo:

— ¡*Qué chivo*! Miren el cielo, pareciera que quisiera tragarme. — Abrió brazos y piernas, cerró sus ojos y se dejó atrapar por las estrellas.

El tipo se hizo parte de la constelación del universo. Un elemento del cosmos. Una promesa de amor, actualizada. Claus, casi envidiándolo, le quitó el cigarro y se puso a fumar; se bajó de la roca y colocando su cabeza para agarrarla de almohada, se puso a admirar el manto de estrellas que los cobijaba. Aracely se unieron a ella, imitándola. El Chasca, prefirió no entrar en aquel juego y se alejó del lugar sin dar mayores explicaciones. El Roro, por su parte, se quedó, *clavado*, viendo con cierto asombro a sus amigos que, a pesar de ser un poco locos, buscaban respuestas en sus vidas.

Una neblina tupida comenzó a descender sobre ellos. Un ambiente misterioso, místico y, hasta, mágico se instaló en el ambiente. De repente, Claus se levantó y comenzó a bailar dando vueltas sobre su eje; parecía una especie de bailarina de una caja musical. El Chasca comenzó a reír tontamente al ver a la chica danzar porque creía que estaba vacilando pero luego, al comprobar lo contrario, se puso serio. De repente, la Gata se levantó y dijo:

— ¡Necesito purificarme! —Se quitó toda la ropa y se acercó al charco de agua que salía de las piedras. Agarró agua con las manos y se comenzó a bañar cómo rociando su cuerpo.

Luego, la mujer agarró un manojo de hierba y, mojándolo, se lanzaba sobre ella las pringas de agua azufrada. Inclusive, se puso a murmurar palabras imposibles de comprender; parecía que algo se había poseído de ella.

En ese momento, el Roro sintió una especie de miedo escénico. Todo aquello parecía raro y hasta tenebroso. Cerró sus ojos y, desde lo más profundo, sintió el deseo de ponerse a orar el «Padre Nuestro». Eso lo calmó y, al abrir de nuevo sus párpados, sus amigos estaban en sus lugares respectivos, muy tranquilos. Antes de abrir los ojos, le pareció escuchar una voz que le decía: « ¡Serás profesor! ¡No olvides la navaja! ». La última frase se la repitieron varias veces.

El chico no comprendió muy bien la última frase y poniéndose de pie, les dijo:

— ¡Creo que es hora de irnos! ¿Se quedan o se van? —Lo dijo bastante serio.

Sus amigos querían quedarse un poco más, pero él poniéndose a caminar los dejó. Claus lo siguió y, detrás de ella, los otros. Al llegar a la orilla, el chico agarró los remos y se subió a una de las dos canoas. Claus se unió a él y en la otra, los otros tres. Comenzaron a remar tranquilamente.

— ¿Qué te pasa? —Le preguntó Claudia, un poco curiosa de la actitud extraña del chero.

— Nada. Simplemente que me quería regresar.

— ¿Seguro? ¿No te creo?

— Nada… ¡Bueno, está bien! Luego, te cuento.

Cuando iban a medio trayecto, Fumo y Chasca, comenzaron a bromear con la Gata. Le movían la barca para provocarle miedo. Ellos sabían que la mujer no sabía nadar.

— ¡Aquellos van jodiendo a la Gata! ¡Ojalá que no se les pase la mano! — Dijo Claus porque iba en sentido opuesto a la orilla.

— ¡No creo! ¡No pueden ser tan *pendejos*! — Le respondió sin voltearlos a ver.

— ¡El Fumo, *no anda completo* y el Chasca, algo raro! ¡Tengo una especie de mal presentimiento!

Ni siquiera había dicho la frase, cuando una ola que salió de ninguna parte, le dio vuelta a la canoa. Todos los tripulantes cayeron en el agua. De inmediato, la canoa se alejó de ellos y, cada quién, buscó la manera de salvarse. Mientras, los bichos trataban de alcanzar la barca, Aracely peleaba por no ahogarse.

Claudia, al *nomás*, ver que la canoa se dio vuelta, se lanzó asustando a su compañero de viaje. Ella sabía que los segundos eran contados para salvar a su amiga. A medio camino, al levantar la mirada, apenas pudo observar que la chera caía al fondo. Le puso quinta a la natación y se sumergió; la buscó en aquella agua medio turbia y, al final, la vio que caía como piedra hacia el fondo sobre un montón de ninfas.

Al dirigirse a la víctima, pensó que la mujer era muy pesada y le sería difícil sacarla por los brazos. Decidió empujarla por las nalgas y, luego, en la superficie agarrarla por atrás. Puso, en dos *cuetazos,* su plan en acción. La adrenalina le dio la fuerza necesaria para sacarla a flote, pero un calambre, en una pierna, le impidió continuar. Apenas pudo pedir ayuda. Por suerte, el Fumo y el Chasca estaban cerca. Los bichos acercaron el bote y agarraron a la Gata por los brazos. Claus se sumergió para empujarla y subirla a la *nave*. Aquel último esfuerzo fue demasiado porque otro calambre en la segunda pierna la noqueó.

La mujer, al ver a la amiga a salvo, se dejó caer con la idea de darse un masaje en las piernas y calmar los calambres. Lastimosamente, unas algas se enredaron en una de las piernas y, para colmo, el oxígeno estaba llegando a su punto final. Se puso a pelear con las últimas fuerzas pero la falta de aire la traicionó, comenzó a tragar agua. En un momento dado, la mujer dejó de luchar. Ella estaba convencida que ése era su final, la idea de morir no le causó pánico. La imagen de su familia se posó en su mente y se dijo: «lo siento por no poder despedirme». La chica cerró sus ojos en aceptación de un destino. De repente, sintió un movimiento en sus pies y una fuerza sobrehumana empujándola hacia la superficie. Al abrir los ojos, se encontró con el nivel del agua a unos centímetros. Al salir respiró profundo y trató de controlarse. Luego, sintió el brazo de su amigo rodeándolo por atrás y arrastrándola hacia la canoa, mientras la jalaba, le decía que se calmara. Era el Roro que había llegado a salvarla.

Momentos antes, El Roro, al ver la reacción de la amiga tirándose al agua, se había asustado. La barca casi dio media vuelta. La estabilizó y, luego, trató de averiguar lo que pasaba. Al comprobar, la situación, se había quitado los zapatos y lanzado al agua, para *dar una mano* a Claus. La chica, le llevaba buena distancia y, a medio camino, pudo ver que había llegado a tiempo para salvar a la Gata. Entonces, en ese momento, él pensó que todo estaba solucionado y dejó de nadar; pensó en volver a recuperar su balsa. Seguidamente, a los segundos, el grito, atormentado del Chasca, lo había hecho detenerse.

El amigo, al ver que Claus no salía le había avisado al Roro. El chico, dándose media vuelta, simplemente había dicho: « ¡*Miércoles*! ». Con la misma, se sumergió y nadó en dirección de la mujer. Lo primero que pensó, al nadar en auxilio de su amiga, era que deseaba que no le pasara nada. De repente, aquellas palabras que había escuchado en la fogata, se le iluminaron en el cerebro. Buscó, de inmediato, la navaja y, al comprobar que la tenía en su bolsillo, se la colocó en su boca.

La encontró enredada en algunas algas y sin movimiento, estaba pálida. « ¡Mierda! Se ahoga la Claus », pensó. Agarró la navaja y cortando las algas la liberó de inmediato. La empujo hacia la superficie y, al salir del agua, la chica reaccionó. La canoa de sus amigos, estaba cómo a diez metros. El Roro estaba al límite de sus fuerzas. Los amigos agarraron a Claudia y, ésta, se agarró de la canoa. El chico quiso hacer lo mismo que su amiga, se sumergió para empujarla por las nalgas.

Al hacer el gesto, la fuerza lo empujó hacia el fondo. Cuando quiso salir a flote. Sintió como si una mano, lo jalara hacia lo profundo. Quiso zafarse y, al voltear a ver lo que lo retenía, soltó la navaja de su boca. Presintió un final, trágico. Las algas lo habían atrapado. Luchó y, al ver que no podía hacer nada, se recordó de las palabras del tío. «Contra las algas no se pelea, hay que calmarse». Cerró los ojos y se puso a pensar en los segundos que le restaban, el aire estaba a punto de acabarse. De repente, una fuerza extraña lo empujó hacia la superficie. Llegó con los últimos segundos de aire. Al principio pensó que era uno de sus amigos pero, al ver la barca, se dio cuenta de que todos estaban en ella. No quiso darle más vueltas al asunto pero un sentimiento extraño lo puso inquieto. Como la barca suya estaba sola, prefirió ir a buscarla. Nadó, despacio con cierto aire de extrañeza. Se agarró de la canoa y se subió, sus compañeros lo siguieron hasta la orilla.

Todos estaban afligidos y pálidos. Se sentaron para recuperar sus espíritus. El Chasca, salió con uno de sus chistes malos.

— ¡Las mujeres lo que hacen para llamar la atención!

Los cuatro *cheros*, lo vieron y le dieron una *tanda de palmadas*. Él había sido uno de los culpables de que la barca se moviera. Aquel chaparrón de golpes sirvió para sacar el estrés en los cuerpos. Luego, decidieron volver a la casa. Al regresar, lo hicieron de manera discreta, casi no pronunciaron palabras. Se metieron en sus habitaciones y no se volvieron a ver el resto de la noche.

No dijeron nada, pero cada quién guardaba en su interior aquella escena. Sobre todo, Claus que por primera vez había visto la muerte de cerca. El miedo a morir había quedado en el pasado. El Roro, por su parte, trataba de darle sentido a las palabras que había escuchado y, sobre todo, a aquella mano salvadora que vino de las profundidades de aquel lago misterioso.

Al siguiente día, el tío los despertó con la noticia que las aguas del lago estaban color turquesa. En son de broma, les dijo: Seguro, algún milagro ocurrió anoche. ¿No vieron ni escucharon algo? *La mara* sólo se miró con aire incrédulo porque en su interior, por puro milagro, salieron vivos de aquel naufragio. Extrañamente, a partir de ese día, el Fumo dejó de ponerle a la mariguana.

Ese día, al regresar, fueron a dejar a la Gata a Chalchuapa y, ahí mismo, el Fumo agarró para Juayúa, su hogar estaba cerca de la ciudad de los ausoles, Ahuachapán. Como el Chasca, vivía en Armenia, lo dejaron en el cruce que dividía la carretera para ir a la capital y la ciudad morena.

Al quedar solos, Claus invitó al Roro tomar un café en su casa. El chico asumió que la mujer quería hablar. Así que aceptó la invitación. Cuando estacionó el vehículo dentro del garaje, la mujer puso freno y, respirando fuerte, dejó escapar un gran suspiro de alivio. Agarró la palanca para reclinar el asiento y se dejó caer hacia atrás. El joven solamente la siguió con la mirada y una pequeña sonrisa, en señal de entendimiento de aquel suspiro.

— ¡Todavía no logro comprender lo que pasó en el lago! ¿Fue raro, verdad?

— Raro y, hasta, sobrenatural.

— ¡Gracias! Todavía no te he dado las gracias por salvarme. — Le puso la mano sobre la mano.

— ¡No fue nada! Me asusté, pensé que tú te habías ahogado.

Hubo un silencio en la mujer y, de repente, unas lágrimas comenzaron a recorrer su rostro.

— ¡Me quise morir! —Murmuró suave. ¡Luché con todas mis fuerzas para salvarme y, al darme cuenta que era imposible, me entregué a la muerte!

— Casi me pasó lo mismo. ¡Esto no se lo he contado a nadie! Pero algo o alguien, me sacó del agua. ¡Creo que diosito no quiere que muera aún! Además, en el sitio de oración escuché la palabra navaja. Me acuerdo que, en ese momento, la toqué en el bolsillo. La misma voz, me replicó en la mente recordándome la navaja cuando iba abajo del agua. La saqué para cortar las lianas.

— ¡Crees que te avisaron los dioses!

— ¡Si es así, fuimos testigos de un milagro de vida!

— ¿Será que por eso las aguas se pusieron color turquesa?

— ¡No creo! Eso sí, tampoco, dejo de creer. Me alegro de que estés con vida. Al verte inerte, sentí mucho miedo. — Se apretaron las manos.

— ¡Sabes! Creo que le he perdido el miedo a la muerte. ¡Ahora, sé algo! El día que me toque, nadie podrá quitármelo.

— Me faltó contarte otra cosa. También, escuché que sería profesor.

— ¡Y eso que no fumaste! Bueno, dejemos de sentimentalismo barato. —Se secó, las lágrimas de la cara y agregó: ¡Te invité a un café y ni siquiera te he hecho pasar a la casa! ¡Pasamos!

Ambos se fueron a la piscina y, ahí, les llevaron el café. Siguieron platicando sobre sus cosas, su familia y sus sueños. A eso de las cinco de la tarde, el chico le dijo que era tiempo de marcharse. La mujer no deseaba que se fuera porque no quería quedarse sola, en el fondo tenía un poco de miedo a la soledad. Tomando fuerzas, le dijo:

— ¿Por qué no te quedas? De ese modo, aprovechamos para terminar los trabajos. ¡Mira que falta poco! —Una sonrisa de vergüenza se le notó en el rostro, no estaba acostumbrada a rogar; menos, a un hombre.

— ¡Quieres que me quede! Dime la verdad, ¿por qué? —La miró directo a los ojos.

— ¡No deseo estar sola! Si no puedes, no hay problema… son tonterías.

— No veo problema en quedarme, sólo tengo que avisar a la casa. Eso sí, terminamos los trabajos y a la cama; estoy fundido, espiritual y físicamente.

— ¡Yo, también! —Le sonrió con un rostro iluminado.

Hablaron por teléfono y, luego, se pusieron a terminar el resto del trabajo escolar. A eso de las ocho, estaban terminando; luego, se prepararon para meterse a la cama. El chico estaba casi listo para meterse debajo de las sábanas, cuando escuchó unos pasos que se acercaban. Dedujo que era su amiga.

A los segundos, con unos pequeños golpes sobre la puerta, le avisaba que quería preguntarle algo. El muchacho se apresuró a abrir y sin preguntar el motivo, la mujer le dijo:

— ¡Disculpa! ¿No te desperté?

— ¡No! ¿Pasa algo? — Se le quedó mirando con ojos de curioso.

— Pensé que a lo mejor te gustaría conocer un lugar especial que tengo. Normalmente, acostumbro ir ahí antes de dormir. ¿Te interesa?

— ¡Claro! ¡Vamos! — El muchacho sabía que la joven todavía guardaba cosas dentro de ella.

Ella tenía un lugar preferido en la casa, su cuarto estaba en una segunda planta y tenía, frente a su balcón, un plafón de cemento. Ahí, la mujer acostumbraba acostarse para ver las estrellas.

Ambos fueron al lugar y se acostaron boca arriba, se dejaron atrapar por la infinidad del universo. Casi no hablaron porque dejaron que sus espíritus se esparcieran entre las estrellas. Como a la hora de estar acostados, un frío comenzó a descender sobre la ciudad.

El chico le dijo:

— ¡El lugar está precioso! Aunque el frío se está poniendo *yuca*.

— ¡Es verdá! ¡Entremos!

La mujer tomó la delantera y entró a su cuarto. Se fue directo a su cama y se sentó sobre el borde del colchón mirándolo con una bella sonrisa.

— ¡Me gusta tu casa! Es agradable, acogedora y, bastante, grande. ¿No te sientes sola aquí?

— ¡Gracias! La creadora de todo el decorado es mi madre. A ella le encantaría escucharte. ¡Mi casa, es tu casa! Siempre serás bienvenido.

— ¡Gracias! *Tomaré nota*. Quizás cuando regrese de ver a mis padres. Me ha entrado un deseo de verlos.

— ¡También a mí! ¿Cuándo vas?

— Mañana.

— ¡Creo que también iré a ver a *mis viejos* a la ciudad de los *garrobos*!

— ¿Será que la experiencia que vivimos nos tocó las raíces?

— ¿Tú crees?

— Es posible.

Un silencio se instaló entre los dos. Luego, ella le preguntó:

— No te ha pasado que al estar cerca de alguien, deseas besarlo. — Puso sus manos detrás de su espalda para apoyarse en la cama.

— ¡Sí! Por ejemplo, estoy con el deseo de besarte desde hace mucho.

— ¿De verdad? No lo decía por eso.

— ¡Quizás, no! Lo cierto es que tus labios me atraen mucho. Sobre todo, cuando los mojas con la lengua.

— ¿Quieres besarme? — Se le quedó mirando fijamente.

— Me gustaría besarte. — Se acercó y metiéndose entre sus piernas, acercó su rostro para hacerlo.

— ¡No tan rápido vaquero! —Le colocó una mano sobre la boca. ¡La chica no ha dado la bendición!

— ¿Puedo besarte? —Le preguntó con la boca pegada a la mano.

— ¡Está bien! Muéstrame que tan bueno eres. —Retiró la mano y la colocó de nuevo en el lugar de origen.

El Roro, se le encimó delicadamente y la besó suave, aquel beso duró unos segundos. Al despegarse, se le quedó mirando, cómo preguntándole: ¿Qué tal lo hice? La mujer, le sonrió, a su vez; y con una sonrisa pícara, lo agarró del cuello de la camisa y le dijo:

— ¡Ahora me toca a mí! —Le plasmó un beso apasionado.

Al terminar de besarse, la chica le dijo, respirando profundo:

— ¡Creo que es hora de irse a la cama! — Se mordió los labios porque su cuerpo le pedía otra cosa.

— ¡Creo que tienes razón! ¡Buenas noches! ¡Qué sueñes con los angelitos y ojalá que alguno se parezca a mí!

— ¡Tú, también!

El joven salió del cuarto y, como ya conocía el camino, se alejó sin decir otra cosa. Se acostó con una sonrisa *sabionda* que decía que la había, *dejado, picada*. No le extrañaría que llegara a buscarlo. La mujer era de aquellas que prefería tomar la iniciativa. Entonces, cuando estaba a punto de cerrar los ojos, una voz lo despertó:

— ¿Estás dormido?

— ¡No pero estaba deseando que vinieras! — Le contestó invitándola a pasar.

— ¡Creo que tus deseos son muy fuertes! —Le dijo sonriendo.

— ¡El único problema es que estoy desnudo! — Abrió la sábana para ofrecerle espacio.

— ¡Eso no es problema! ¿Puedo dormir contigo? ¡Podríamos calentarnos!— Se quitó el camisón para quedar sólo en *blúmer*.

— ¡Buena idea! ¡La pregunta, sobra! ¡Creo que hay una prenda que está sobrando!

— Entonces, te dejó el placer de quitarla.

— ¡Ven preciosa! Caliéntame el cuerpo y el alma.

— ¡Esta noche no quiero dormir!... Ni hablar.

— ¡Entonces, no hablemos! Dejemos nuestros cuerpos expresarse libremente.

Esas fueron las últimas palabras que se dijeron, el resto fue una sinfonía que construyeron con el paso de la noche. Inclusive, como la cama era pequeña, terminaron en la habitación de la chica. No sin antes, bautizar algunos rincones de la casa; dejaron, muestras de su amor como prueba de su pasaje fugaz.

Al día siguiente, la mujer se despertó con el deseo inmenso de ir a ver a sus padres. A eso de las diez de la mañana, lo estaba dejando frente a la casa de Ruth. Sin promesas, compromisos ni ataduras, ambos jóvenes se despidieron cordialmente. Quedaron de verse al regresar de ambos viajes. Aquella noche quedó para el álbum de los recuerdos, su futuro se escribiría en páginas nuevas y, quizás, en otras circunstancias.

Al llegar a la casa de Esther, ésta andaba en clases y su madre preparaba el almuerzo. Muy sonriente se saludaron, medio se contaron las novedades que, en realidad, no eran demasiado; el joven la dejó, por un momento, para ir a cambiarse a su cuarto. A los minutos, estaba de regreso.

El chico muy comedido, se ofreció a ayudar; su colaboración fue recibida con agrado y, hasta, admirada. En ese mundo machista, la presencia masculina en la cocina, no era común. La nueva generación de hombres parecía tener nuevas ideas. Hablaron de todo y de nada, también le dijo que iría a ver a sus padres el día siguiente, jueves. A la mujer, le pareció una idea excelente porque había recibido un telegrama pidiendo novedades del retoño. La familia estaba, inquieta.

Por la tarde, el muchacho fue a visitar a su amiga y compañera de negocios, Sofía. Al llegar, se encontró con novedades en la familia. La primera, la madre se había enterado que su hijo se escapaba de la escuela y de la casa. . Ella sospechaba que andaba en malos pasos. La segunda novedad, era más negativa, la tía tuvo un pequeño ataque al corazón y la había tenido que llevar al Hospital Nacional «San Juan de Dios». El tercer hecho, fue un éxito, el negocio de ambos iba con viento en popa pero que lo había tenido que dejarlo de un lado para ponerse al frente de todo.

Como Ruth, le había pedido que llegara a dormir porque quería proponerle algo, no pudo quedarse mucho tiempo. Regresó a eso de las seis de la tarde. Al llegar, Esther lo esperaba como *agua de mayo*. Tenía días de no verlo y las ganas de hablar de cosas de jóvenes, le comían el espíritu. Hasta, se le fue a meter al cuarto, mientras descansaba. La madre optó por opacarse ante tanto entusiasmo mostrado por la hija. Prefirió dejar la plática para otra ocasión, más precisamente cuando volviera del viaje.

La muchacha había, *quedado, picada* con *la trasteada* que le había dado antes de que la regla le viniera. También, deseaba contarle que tenía nuevo novio y quería preguntarle cosas puntuales. Entonces, aprovechando que la madre estaba en la tienda, se le había ido meter:

— Así que ¿haciendo deberes? ¿Y en el lago? ¡Qué *suertudo*! —De entrada le preguntó con cierto brillo celoso en su hablar.

— ¿Y tú que has hecho? —Le respondió sin contestarle las preguntas y con un aire pícaro en su mirar.

— Nada. ¡Sólo que el chico de mis sueños se me declaró!

— ¿Aceptaste?

— Todavía no pero creo que sí. No quise parecer muy ansiosa. Qué sufra un poco. Lo único que no sé, es si debo darle *la probadita*.

— ¿Te la pidió? ¿Era una exigencia para ser novio?

— ¡Hice mal!

— Depende, ¿querías probarlo? ¿Querías acostarte con él?

— Sí. Y lo peor es que soy casi virgen e inexperta. Además, hay otras chicas que andan detrás de él.

— ¿Tienes miedo y quieres hacerlo? ¿Verdad?

— Sí. —Le puso la cara de inocencia.

— No estás obligada a acostarte con él.

— No querrá ser mi novio.

— ¡Hay otros!

— Me gusta. Cuando descubra que soy nula en el sexo, me dejará. Buscará alguien que se mueva mejor en la cama.

— Tú no eres nula. Te acuerdas de la otra noche. No te portaste mal.

— El que hizo todo fuiste tú.

— Nadie, nace aprendido; sólo, te basta practicar. Eso sí, protégete antes. Los embarazos no deseados están en la vuelta de la esquina.

— Mis amigas me dieron unas pastillas. Sólo que hacen engordar. — Frunció la cara en signo de malestar o inconveniencia.

— Esa gordura se puede rebajar con el ejercicio; la otra, tienes que esperar nueve meses.

— Tienes respuesta para todo. Es verdad que ¿vas mañana para el Occidente?

— Sí, por unos días aprovechando el paro. El lunes estoy de regreso.

En ese momento, la madre le pidió que le ayudara. Se fue con un «seguimos hablando luego». Durante la cena, no hablaron mucho al estar siempre acompañados. A eso de las nueve, se fueron a dormir.

Cuando la mamá comenzó a roncar, la cipota aprovechó para levantarse e ir al cuarto del cipote. Con la experiencia en hombros, el chico sabía que aquella musa no tardaría mucho tiempo en llegar. Dicho y hecho, al filo de la medianoche estaba abriendo, suavemente, la puerta que daba con el cuarto. Sin encender la luz, porque la iluminación de la luna ofrecía suficiente claridad para caminar a ciegas, caminó hacia la cama y se le sentó a un lado.

El joven la sintió llegar pero se hizo el dormido. Dejó que la mujer tomara la iniciativa. Ella lo tocó, suavemente, en la pierna y le dijo, suavemente:

— ¿Estás dormido?

— ¡No para ti! ¿Quieres practicar, verdá?

— ¡Sí! —Le respondió con una bella sonrisa cómplice.

— ¿Estás lista y protegida?

— ¡Sí!

— Entonces, soy todo tuyo. ¡Sedúceme! ¡Acaríciame! Trata de hacer realidad tus sueños. No tengas miedo, y déjate llevar por tus instintos.

— ¿Puedo? ¿De verdad? ¡Estoy nerviosa y con ansiedad! Es la primera vez que lo hago.

— ¡Tómate tu tiempo! No hay prisa.

La muchacha se desnudó completamente y se lanzó al vacío sin paracaídas, sin alas y dispuesta a beber del agua del placer a manos llenas. La mujer estaba tan ganosa que secó al muchacho hasta dejarlo exhausto. Se sacó, de la cartera cuanta idea se le pasó por la cabeza; hasta, llegó a sorprender al chico con algunos gestos que solamente se permiten con el paso del tiempo. Parecía que, en sus tiempos libres, la chica se había *puesto las pilas* en leer todo sobre el sexo.

A esos de las cuatro de la mañana regresó a su cuarto, muy orgullosa de su aprendizaje. El Roro, algo clareado y ojeroso, se marchó de la casa antes que las dos mujeres se despertaran, a las siete de la mañana salía de la terminal de buses.

UNA VISITA DE MEDICO.

Rodrigo salió muy temprano de la ciudad morena de Santa Ana con la intención de llegar de buena hora a su casa. Al llegar a la terminal de buses, se dio cuenta de que muchos habían pensado lo mismo, levantarse de buena hora. La verdad era que todavía continuaba la cosecha del café y los cortadores aprovechaban esa temporada para comenzar de buen pie del año. La roya, la enfermedad que afecta las plantas de café, estaba destruyendo varios cultivos. La pérdida de hojas en las plantas no presagiaba buena cosecha.

Sin contar que a la salida y entrada de cada ciudad, se perdía tiempo porque los soldados hacían las requisas de los pasajeros. En los retenes se hacia la inspección de las personas pidiendo los documentos, de preferencia la Cédula de Identidad Nacional Lo curioso del caso, era que no muy lejos de ellos, los revolucionarios hacían lo mismo; la diferencia era que, éstos, lo hacían con la finalidad de recolectar fondos o gente; también impartían parte de su doctrina. Por lo general, no reclutaba a la fuerza como lo hacía la fuerza armada; por lógica, era difícil huir con gente que no estaba preparada para caminar terrenos montañosos.

La ruta hacia la ciudad de las palmeras y los cocos, Sonsonate; conocida por los indígenas, pipiles, como: «la ciudad de los cuatrocientos ríos» por Sentzunatl. Aunque, otros dicen que, los indígenas, querían decir; «lugar del río donde viven los zanates» porque Sent, significaba: «innumerable, muchos»; Tsanatl, significa «zanate» y atl, «río».

El recorrido desde el desvío de la carretera que lleva al puerto de Acajutla, en el kilómetro cinco, con destino a la frontera de la Hachadura, fue otra historia. Para *no andar con cuentos*, la carretera tenía más hoyos que pavimentos; aquellos huecos parecían pozos o nidos de gallina. Los buses muchas veces tenían que parar y bajar a sus pasajeros para no estropear sus ejes. Lo que normalmente se realizaría en treinta minutos, se hacía en casi tres horas y, eso, si no había más retenes, el chiste se volvía agrio, de mal gusto.

Alrededor de las doce estaba poniendo pie en su terruño querido. El sol estaba, insoportable; no había nadie en la calle. Hasta, humo echaban las piedras y tetuntes; la cabeza, sin sombrero o *cachucha*, parecía que al rato menos esperado, prendía fuego. Se fue directo para la casa saludando a la gente que desde sus puertas lo saludaban. Casi todos los hogares tenían puertas y ventanas abiertas. Aunque, se comenzaban a ver los efectos de la guerra; es decir, muchas de ellas: habían colocado en las ventanas, un armazón de hierro; en las puertas, doble candado; en los muros, culos de botellas de vidrio y los negocios, vigilantes.

En la casa del Roro, solamente, estaba: su madre y una hermana, ambas se alegraron mucho al verlo. Era como ver llegar al hijo pródigo. Lo atendieron como si fuera un personaje importante que llegaba al lugar, hasta exageraban. Lo único que faltaba hacer era quitarle los zapatos y darle de comer en la boca. Los ojos de aquella madre brillaban de alegría y la hermana, no cabía dentro de ella. El orgullo por el hijo que pronto sería profesor era indiscutible. Y eso que, apenas, eran unas cuantas semanas de ausencia.

Las dos mujeres lo *pusieron al día* de todo lo que había ocurrido en la casa y en el pueblo. Por ellas, supo de primera mano que la Negra se había ido del pueblo a visitar a una amiga, nadie sabía dónde pero, los chismes, decían que la madre la había querido alejar del lugar por el asunto del «Patas Chuecas». Le contaron la decisión del hermano de dejar la escuela y que su padre le tenía una sorpresa. En susurros, la madre, le soltó la bomba, contándole que le repartiría su herencia en vida para que se ayudara con los estudios. También, le hablaron del padrino de bautismo y confirma que los había visitado con su señora y sus hijas; ellos pasaron por ahí porque hacían una visita a la iglesia de Cara Sucia. Una promesa a San Martín de Porres. El padrino al enterarse de la decisión del ahijado de ser maestro, se puso muy orgullo. Por eso, le había dicho a la madre que cuando volviera, lo visitara. Quería verlo y felicitarlo.

Alrededor de la una, llegó el padre con el hermano; venían de arreglar un cercado. Las vacas se habían saltado el alambrado de púas para meterse a comer *maicillo.* Al igual que las mujeres, ellos se alegraron de verlo. Aunque, con menos euforia, el respeto y el machismo dominaban. Después de almorzar, se cambió de ropa y se unió a los hombres para ir al campo. Regresaron al atardecer, cuando el sol pintaba de naranjo, las faldas de los cerros que se alistaban para meterse a la cama. El padre le había, conversado, sobre el vacuno que había vendido, con la finalidad de ayudarlo con los estudios. El chico, se hizo cómo que no sabía nada, y puso la cara de sorpresa. Según, el progenitor, era parte de su herencia. Rodrigo, cómo conocía a su padre, no puso objeción porque lo podría ofender; para él, era un honor y un deber aportar algo a la causa de los estudios.

Después de cenar en familia y darse un baño de consejos, preguntas y advertencias. El joven les dijo que deseaba darse una *escapadita* por la tienda de su amiga para saber si la madre tenía noticias más frescas. En ese momento, una de las hermanas, le dijo que precisamente la señora le había dicho que cuando él llegara, la fuera a visitar. Tenía un encargo que darle.

Cuando llegó al lugar, lo primero que le impactó fue que en aquella esquina no había nadie; la soledad y el vacío de sus *cheros* de infancia, le causó una pena profunda.

Antes de irse, se habían puesto de acuerdo, con el hermano menor, para hacerle una visita al padrino. El más entusiasmando era el pequeño porque la hija menor del señor le había gustado mucho.

En la tienda, la madre de la amiga estaba *con las manos llenas* atendiendo a los clientes. Se veía bien y, bastante jovial. Al verla, con los labios rojos y el vestido con falda corta, se recordó de los comentarios de la hija. Luego, se dijo: «seguramente pronto hará una visita la regla».

La mujer, al verlo, se alegró y lo saludó. Le dijo que no lo podía atenderlo, pero le pidió que pasara más tarde, le tenía un recado de su hija y un mandado. El chico aprovechó para dar una *vueltecita* por el billar, único lugar de diversión de los jóvenes en el pueblo. No duró mucho tiempo en la plaza porque no había mucha *mara* conocida, sus verdaderos *cheros* se habían ido.

Cuando regresó, la tienda estaba cerrada. Después de que, la hija se había marchado, la mujer prefería poner candado al lugar y meterse a ver sus novelas. Sin contar de que después de la muerte de su amante, un sentimiento de culpa, resignación y, quizás, rabia, la tenía metida en un embrollo personal. Inclusive, había vuelto a fumar.

Conociéndola, imaginó que estaría en su cuarto. Fue a tocarle y, al principio, no le abrió pero, justo cuando se disponía a marcharse, escuchó el ruido de las persianas abrirse. Se acercó para que lo viera y le dijo:

— ¡Doña, soy yo, Rodrigo! Se acuerda que me dijo que viniera.

— ¡Ah! Roro. No te esperaba.

— ¡Discúlpeme la molestia! Me dijo que tenía algo para mí. También quiero preguntarle sobre su hija.

— ¡Espérame un segundo! Ya te abro.

La mujer cerró las persianas y se fue a abrir la puerta que daba a la calle. Lo hizo pasar y le dijo:

— ¡Disculpa por no abrir, rápido! A veces, la gente toca para *joder*. —La señora estaba en ropa de dormir, un camisón de algodón con tirante muy delgados que tenían problemas para contener los pechos.

— Espero, no interrumpirle. —Lo decía por la novela.

— Si es por la novela, está en anuncios. Si lo dices, por alguien: no pasa nada. ¡Espérame que voy a buscar lo que te dejó la Negra! ¡Ponte cómodo que ya vengo!

El chico se sentó en el sillón viendo la televisión. Al rato, la mujer venía fumando un cigarro. No traía nada en sus manos.

— ¡Fíjate que no encuentro el *sobre*! ¡En alguna parte lo puse! Vas a tener que venir otro día. ¿Cuándo te marcharás? No me digas que dejaste los estudios, mira que la Negra no te lo perdonaría nunca, he.

— ¡No los he dejado! Aproveché un paro de labores de los maestros para venir. De otra manera, me hubiera sido imposible.

— ¡Entiendo! ¿Mucho, estudio?

— Entre los estudios y el trabajo, casi no tengo tiempo para mí. Dígame, ¿qué pasó con la Negra?

La señora le contó su versión y uniendo las otras dos, se pudo hacer una verdadera idea del asunto. Antes de irse a estudiar, la chica le había advertido algo que lo había dejado en las nubes; luego, su familia le contó los *chambres* del pueblo y ahora, la señora le completaba la historia. En conclusión, comprendía que la chica se había ido *para calmar las aguas*, algo había hecho con el muerto y que la madre, *no se había tragado el cuento*.

Al rato, de estar con ella, *sin matar una mosca*, hizo el intento de marcharse, diciéndole:

— ¡Creo que es hora de marcharme! ¡La novela *está buena*! Aunque, las escenas picantes me ponen un poco inquieto. —Le bromeó tirando el anzuelo para ver si la señora picaba.

— ¡Verdad que sí! A mí también me ponen inquieta. Imagínate mi problema, sola y deseando —Se le quedó viendo a la cintura y con aire coqueto, agregó: ¡No te vayas todavía, quédate un poquito más! Me gusta tu compañía. Además, no me has contado cómo te han tratado las mujeres por aquellos lados. ¡Quédate un ratito y cuéntame! ¡Ven! Siéntate a mi lado.—Le hizo un espacio en el sillón.

El Roro, sonrió y se dijo para sí mismo: «*este arroz ya se cocinó; el pez está en la hoya*».

— ¡Bueno! Me quedaré, un rato, para que no se quede solita. A lo mejor, podemos unir nuestras soledades. — Se acomodó al costado de la mujer.

— ¡Sabes que te has puesto muy varonil! —Se puso a acariciarle las piernas sobre el pantalón.

— ¡Y usted siempre tan hermosa! —Comenzó a meter mano, en la pierna, subiéndole la prenda.

— En verdad ¿te parezco hermosa? — La mujer se recostó un poco sobre el respaldo del mueble, abrió sus piernas y agregó, poniendo los ojos en la pantalla del televisor: ¡Entonces muéstrame lo que has aprendido en la ciudad!

Desde ese momento, la mujer comenzó a examinar al joven poniéndolo a prueba de la mejor manera. No tardó mucho en llevarlo a su cuarto para sacar, como en tiempos pasados, melodía a los resortes de la cama. El ardor, fuego y energía del muchacho provocó que fuera ella quien caducara de gozo. A eso de la medianoche, el chico estaba quitando la casa.

A las cinco de la mañana, lo estaban despertando para salir hacia el Obraje. Un pueblo que quedaba como a veinticinco kilómetros después de la frontera *guanaca* en territorio chapín. El viaje, a caballo, les llevaría, si no había atraso, unas cuatro horas. Calculaban que antes del mediodía estaban en el lugar.

A eso de las once de la mañana llegaban al rancho. Quienes los salieron a saludar fueron los perros. Ni siquiera habían llegado a la talanquera que daba entrada al rancho, cuando los caninos les avisaban que no era grata su llegada. Claro que los gritos de la dueña, en la distancia, los calmó y, uno de los trabajadores, corrió para ponerles un *mecate* en el cuello.

En casa, estaba, la madre y una de las hijas, la menor de quince años. Esta última fue quien conoció al hermano del Roro. Al verlo, sus ojos se iluminaron como luna llena y su expresión fue la de alguien que se le cumplía un sueño.

Se saludaron y *pasaron a lo barrido*, les ofrecieron algo de beber para calmar la sed y el cansancio del viaje. En otras palabras, lo que más necesita un caminante. En ese momento, el padrino y los otros dos miembros de la familia estaban en el campo con los trabajadores tratando de ponerle *el fierro* o la marca de la familia a algunas reces.

Sin andar con tantos cuentos, la doña mandó a buscar unas gallinas porque cambiarían el menú del almuerzo; tenían invitados especiales. Después de los saludos habituales y la razón de la visita, comenzaron a entrar en temas más personales, familiares y hasta de cultura. Cuando la comida estuvo lista, los invitaron a la mesa y los cuatro gozaron de una sopa de *gallina india, a todo dar*. Por ellas supieron que los tres hermanos mayores se habían casado y vivían en terrenos aledaños; los tres restantes, eran: la hermana mayor, de veintidós años; la de quince y el *pequeñín* de diez.

Luego, prepararon la comida para los trabajadores de la casa y se dispusieron a llevárselos. En ese momento, la hija menor propuso que fueran ellos los mensajeros para darles, la sorpresa, a su padre y sus hermanos.

Cada quién, en su caballo, agarró rumbo al potrero que estaba cómo a unos dos kilómetros de distancia entre matorrales y bosque. El padrino cultivaba granos para el consumo y los animales, su fuerte era el ganado que tenía más de quinientas cabezas repartidas en las cincuenta hectáreas de terreno. Según, *la patoja*, los animales eran tantos que no lograban mantenerlos controlados, muchos permanecían perdidos en la montaña.

Cuando llegaron al lugar, un pastizal bastante grande. Se dirigieron a donde estaba el padre de la quinceañera. Él estaba recostado sobre el tronco de un árbol de *almendro macho* resguardándose del sol recalcitrante del mediodía. Con el sombrero de copa a un lado, su pistola y corvo, al otro lado. El señor veía plácidamente a su hija mayor entenderse con los trabajadores. Le gustaba verla como los dirigía con mano de hierro, firme, sin temblar. No dejaba espacio para la duda. Ella conocía, *el teje y maneje,* de todo el trabajo.

Cuando, el padre, los divisó, levantó la mano para indicarles que se acercaran. Con un *palito* de paja en su boca, les sonrió al conocer a su hija y al hermano menor del Roro. Llegaron, se presentaron y, hasta, se abrazaron. El señor estaba contento de tenerlos y de conocer a su ahijado que pronto sería profesor.

Amarraron los animales a unos árboles y se sentaron a platicar. Mientras, hablaban y comían, veían lo que hacían los trabajadores dirigidos por aquella mujer bien plantada y *echando el arte* cómo cualquier hombre. En un momento de inspiración, el hermano menor del Roro, dijo:

— ¡A mí me encanta todo lo que tiene que ver con el campo, el ganado y el cultivo! ¿Puedo acercarme a ver lo que hacen?

— ¡Claro! De paso, díganle a mi hija que el almuerzo está listo. — Respondió el padrino.

El chico se acercó e imitándolo, el Roro se puso a seguirlo. Un poco, tímidamente, se acercaron hasta estar a unos pasos de los trabajadores. Ellos tenían trincado un torete, con la intención de ponerle el fierro caliente, la marca de la familia, en la nalga. Como la bestia, la habían encontrado en las montañas, estaba bastante salvaje. Los tres hombres que sostenían, estaban al límite para retenerlo. La *choca* que tenía el instrumento caliente en sus manos, al verlos con sonrisa de tontos, les dijo:

— Y ustedes dos, ¿qué hacen ahí parados? Semejantes haraganes, para eso han venido. ¡Ayuden! —Se los dijo con una voz fuerte, difícil a contradecir.

Los dos *guanacos*, se colocaron en diferentes posiciones para dominar el animal. Le pusieron la marca y, con la misma, lo dejaron libre. Luego, siguieron con otros animales, en la misma tónica. Desde la distancia, el padre le pegó un silbido, especial, a la hija y la llamó, haciéndole el signo de llegar a comer.

La mujer dejó a los trabajadores muy bien adiestrados y con sus funciones establecidas claramente. Se fue a comer junto al hermano menor que formaba parte de los trabajadores. El padre y la hermana menor, hacían bromas por la manera cómo los había tratado a los visitantes.

Cuando llegó al lugar, le dijeron:

— ¿Y qué tal los nuevos trabajadores? *¿Son de arranque*, esos guanacos?

— Un poco lentos pero ya los voy a *meter al camino*. ¿Son guanacos?

— No oíste *el dejo*.

— No los escuché hablar.

— Vinieron a probarse. — Respondió el padre con cierta sonrisa en la cara.

— Uno de ellos, es muy joven; no creo que, *dé el ancho*.

— Entonces, hay que *sacarle la correa* para ver de qué color pinta.

— El más grande está, un poco, flaco pero pinta bien; al patojo, lo veo con ganas. Y eso es bueno para un buen trabajador.

— No los vayas a desesperar que se nos pueden correr. ¡Para alejar a los hombres eres buena! — Agregó, la hermana menor.

— ¿Para qué quieres un hombre inútil? Para semental sobran, para hacer hogar faltan.

— ¡Hijas! Porque no dejan ese *temita* para cuando estén solas. Miren que hay dos hombres aquí.

— ¡Al contrario, es bueno que oiga para que aprenda a ser un buen hombre, cómo debe ser! — Le pegó en la solapa del sombrero al hermano menor.

— ¡Ésta, no cambiará ni a palos! — Agregó, Lupita, la quinceañera.

Alejandra, comió y, con la misma, se unió a los trabajadores para terminar el trabajo. Más o menos, a las dos horas estaban terminando con el ganado. Todos estaban empapados de sudor por el esfuerzo y el calor. En ese momento, llegó el padre con un *tecomate* repleto de agua fresca.

— ¡Bueno! ¡Creo que es bastante por ahora! —Les ofreció el líquido a los visitantes.

— ¡Papá! — Le recriminó la hija al meterse en su territorio.

— Mi ahijado y su hermano, sólo han venido a visitarnos.

— ¿De qué hablas? ¿Qué no eran los nuevos trabajadores que esperábamos?

— Esos haraganes cuando les hablé del trabajo, ni siquiera lo intentaron.

— ¡Ah! Entonces… ¡Lo, siento! Pensé…

— ¡No pasa nada! Fue un placer echarle la mano. —Respondió el Roro.

— ¡Ahora si distingo el dejo! ¿Cuándo vinieron? — El semblante de aquella joven cambió.

— ¡Hace poco!

— Supongo, ¿qué eres el ahijado? El rostro de tu hermano se me hacía conocido.

— ¡Encantado! —Le dio la mano de manera fuerte y ese gesto gustó mucho a la hembra.

— ¡Les hice trabajar mucho, verdad! Creo que necesitan un baño y ropa. ¿Quizás, alguna ropa de mis hermanos les puede quedar? — Miró al padre.

— ¡Creo que sí! Llévenlos a conocer un poco el terreno. Un baño en la poza de los lirios… y los pericos, no les caerá mal. Yo iré a la casa y le diré a tu madre que les preparé algo. ¡Vamos! —Le dijo al hijo menor.

Los cuatro jinetes se fueron rumbo a unas montañas, ahí se encontraba la poza que las chicas llamaban, de los lirios porque ellas mismas se habían encargado de sembrar las plantas; pero, el padre la llamaba: la poza de los pericos porque en los árboles y acantilados, los pájaros hacían sus nidos y su presencia se hacía sentir en la distancia.

Mientras caminaban de frente a la cordillera «Sierra madre», se formaron las dos parejas. Poco a poco, fueron tomando distancia deseando tener un poco de privacidad. El lugar, al cual se dirigían, no estaba tan lejos. La pareja de jóvenes decidió hacer una pequeña carrera hasta la mentada poza. Los mayores, en cambio, decidieron seguir al paso de los animales.

Al principio, parecieron bastante tímidos, los temas de conversación desfilaban como hojas de cuadernos sin estrenar. En sus intenciones no encontraban el hilo que entrara en la aguja para un buen tejido. El silencio se hizo, pesado y, casi, los forzó a soltar la lengua:

— ¡Así que estudias para convertirte en *maistro*! — Le soltó, la chica, sin mirarlo. Luego, agregó: ¿Cómo, llegaste a decidir lo que querías ser o estudiar?

— Al principio, no sabía qué hacer; hasta, estaba confundido. Luego, una amiga me lanzó la idea; después pregunte, busqué información y al ver que no era tan complicado, decidí intentar la experiencia. Luego, después de una experiencia sobrenatural, descubrí que ése era mi destino. Y tú ¿por qué no seguiste estudiando? Tienes todo: dinero, tiempo e inteligencia.

— ¡La verdad! No encontré interés en ninguna profesión. A mí me gusta el campo, adoro el olor a pasto y amo a mi familia. No me veo lejos de ellos. Además, para ser honesta, no me cabe en la cabeza estudiar tantos años para hacer algo, ejemplo: no se necesita ser un genio para enseñar a leer y escribir a un *patojo*. No se necesita estudiar tanto para ser médico, todos sabemos que la medicina viene de la naturaleza, hasta para ser enfermera no necesitas, tanta, ciencia. Las madres son todo eso y más. Hasta se puede llegar a ser presidente sin tener estudios; todos esos corruptos han estudiado para robar al pueblo.

— En el fondo tienes razón. Creo que debe ser para crear empleos, dar cierto prestigio a ciertas profesiones y qué sé yo.

— ¿Cuéntame sobre esa experiencia que tuviste? ¿Crees en los espíritus?

— Fue algo extraño. Estaba en un lugar que supuestamente es sagrado porque ahí los indígenas hacían sus ritos para hablar con sus dioses. En un momento dado, escuché que alguien decía que sería profesor. Nada más.

— ¡Una vez, me sucedió algo parecido! Y fue precisamente en el nido del águila. Así llamo a un lugar arriba de la montaña que suelo ir para ver el mundo desde lo alto. Si tenemos tiempo, te llevó.

— ¿Y qué paso?

— Nada muy importante, creo. Estaba cansada y abatida espiritualmente; llegué buscando paz. No me explicaba… — Dejó aquella frase incompleta. Un recuerdo le pinchaba el alma.

El chico comprendió que era algo personal y que no lo había superado, prefirió no presionar. El hilo conductor que buscaban parecía que lo habían encontrado. Entonces, el joven buscó un atajo para desatascar aquel embrollo.

— ¡Por lo que veo, ésos dos se llevan muy bien!

— ¡Desde que se vieron! Pero mi hermana es muy pequeña para eso.

— ¿Para qué?

— Bueno, para hacer cosas de adultos.

— ¿Estás pensando en el sexo? A lo mejor, solamente, disfrutan la compañía. ¡Lo mismo que hago contigo! No estoy pensando en hacerte el amor.

— Los hombres tienen eso entre ceja y ceja. No pienso en eso. Me preocupo por mi hermana. No quiero que sufra.

— ¿Por qué tiene que sufrir?

— Es muy ingenua. No mira la vida con seriedad. La mujer tiene que guardar su dignidad ante todo.

— No es asunto de dignidad; es cosa de sentimientos. Las cosas pasan porque tienen que pasar. A veces, no se hacen y se forman las frustraciones, amarguras, resentimientos y añoranzas. Lo que no hiciste hoy; quizás, nunca más tendrás la oportunidad de hacerlo.

— Dejarse llevar por los sentimientos es muy arriesgado, se sufre, se llora y duele. Si lo haces con la cabeza; al menos, te queda el consuelo de no salir herida, por lo menos no de muerte.

— Entonces, hay que hacerlo con el corazón y con la cabeza. Yo he aprendido algo: si haces las cosas, poniendo sobre la mesa todas las cartas, ambas partes salen ganando. Se hacen las cosas y ninguno de los dos, sale herido.

— ¡Tal vez, tengas razón! ¿Te han roto el corazón alguna vez? A mí, sí. Y no quiero que vuelva a suceder.

— Roto, no. Sin embargo, cada relación te deja algo en el corazón. Bueno y malo; yo, en lo personal, prefiero quedarme con la parte buena; la mala, la meto en el costal del olvido porque no me sirve de nada. Hasta la fecha, en todas mis relaciones, no he salido muy trasquilado; al contrario, he crecido cómo ser humano y hombre.

— ¿Hablas como si hubieras tenido muchas mujeres?

— Algunas. —Sonrió de buena manera.

— Y con todas, ¿te has acostado?

— Con la mayoría.

— Se puede decir que eres un hombre de experiencia a tu edad. Según, mi padre, no pasas de los dieciocho.

— La experiencia no se mide con los años. Sin embargo, te sabré decir que me falta mucho que aprender. ¡El mundo femenino es tan hermoso, misterioso y complicado!

— Los hombres no se quedan atrás. Son tan indecisos, machistas y aprovechados.

— Parece que en verdad te dañaron mucho. Me suena que *necesitas una limpia.*

— ¿Me ves mal? ¿Y sabes de esas cosas?

— Esas son cosas de brujos. En lo personal, prefiero aplicar el método de volver al pasado para ponerme en paz con él. Amarro, ese momento, a una piedra y la lanzó en el río del vacío.

— No es fácil volver al pasado, se tiene miedo de volver a vivir aquello.

— Quizás, somos masoquistas. La gente prefiere ir por momentos y regresar; una y otra vez. Pareciera que les gusta sufrir. Es mejor ir de una sola vez y arreglarlo para siempre, luego seguir el camino en paz.

— ¡Puede ser!

En ese momento, escucharon las voces de los hermanos muy alegres. Al acercarse, se encontraron con que ambos estaban metidos en el agua; el hermano en calzoncillo y la mujer con una bata de dormir que se le pegaba al cuerpo. Los chicos jugaban a buscarse bajo el agua.

La hermana mayor, al verlos, se enojó y regañó a la hermana menor. Le exigió que se saliera del agua de inmediato.

— ¡Sal del agua inmediatamente! ¿Ése no es el comportamiento de una dama? — Le dijo poniendo una cara de pocos amigos.

— ¡No! Tú no eres mi madre. Además, no estamos haciendo nada malo, aunque me estás dando ideas. —La retó desde el agua, sacando apenas la cabeza.

— Te digo ¡qué te salgas o iré por ti! — Le clavó la mirada.

— Entonces, vas a tener que meterte; porque de aquí, no salgo. ¡Estoy desnuda!

Los hombres se pusieron a reír al oír el pleito entre las hermanas. Luego, al ver la mirada de enojo que los crucificaba, se pusieron serios.

— ¡Por favor, no me fuerces a entrar!

— ¡Rodrigo! No le haga caso a ésta, cascarrabias y solterona. Únase a nosotros y verá que el agua está fresca.

— Hay un dicho que dice: «si no puedes vencerlos, úneteles». —Le dijo bajándose de su animal.

El chico se bajó del caballo y, frente a la mujer, se quitó la ropa; quedando en calzoncillo. Las mujeres se le quedaron viendo abriendo, grandes, sus ojos. La más pequeña, *hizo ojitos* a la hermana mayor, para que pusiera atención a lo que tenía frente a ella.

— ¡No seas tonta! Estas cosas no pasan todos los días por aquí. En lugar de poner barreras, bótalas. El agua está fresca y la pasaremos bien, los cuatro. ¡Te prometo que los chicos no te tocaran! Bueno, a ti; porque a mí que me toquen todo lo que quieran.

— ¡Niña!

— ¡Estoy bromeando, mujer! Vamos, bájate del animal y entra que debes apestar.

— ¡No! ¡Te sales o voy por ti! —Le advirtió señalándola.

— ¡Está bien! Conste que te lo advertí.

La chica se puso de pie y sacó su torso, la prenda se le pegó al cuerpo y mostró todo su encanto. La mujer, puso más picante la situación, respiró fuerte y provocó que sus senos se mostraran a través de aquel vestido transparente pegado a la piel. La hermana, mayor al ver el resultado, claudicó y le dijo:

— ¡Está bien! No salgas. ¡Me las vas a pagar! —La sentenció.

— ¡Para eso tendrás que entrar! — Sonrió pícaramente. Luego agregó: ¡Anda, no seas pesada! ¡Qué van a pensar, los patojos! ¡Qué somos unas mojigatas!

— ¡No traje nada que ponerme! —La muchacha pareció cambiar de opinión.

Mientras tanto, los cipotes se pusieron a nadar en las cercanías para que la mujer entrara en confianza. La hermana menor, se acercó a la orilla para convencerla.

— ¡No seas tonta! Únete a nosotros. ¡Mira que tenemos mucho tiempo de no compartir con hombres! El más joven me gusta y yo no le soy indiferente. ¡El ahijado no está mal! ¡No seas mala! Si me dejas y me quedo sola, mi madre me mata.

— ¡No lo sé! ¿Creo que pronto me vendrá, la menstruación? No sé si ando manchando. ¿Y tú?

— ¡Es mi tercer día!

— ¡Por eso estás con las hormonas revueltas!

— ¿Tú crees? ¡*Por fis*, no te vayas! — Unió sus manos y le puso cara de buena gente para buscar la compasión de la hermana.

— ¡Está bien! Solamente, un ratito. El único problema, es que no he traído nada para cubrirme! — Dijo abriendo la puerta a una posibilidad.

— Tu camisa es grande y te cubre casi todo el cuerpo.

— En verdad ¿estás desnuda?

— ¿Cómo vas a creer, tonta? Era para molestarte. Traje un camisón. —Se puso de pie y su cuerpo salió a la mitad. La prenda se le pegó al cuerpo y mostraba claramente los senos.

— ¿Si pero? —Le quiso dar a entender que no ocultaba mucho.

— Pero estoy vestida, el resto no lo puedo arreglar a menos que desees que en verdad me lo quite. Además, si no muestro lo que tengo, a quien los pueda apreciar; entonces, no vale la pena mostrarlos. ¿No lo crees?

— ¡Atrevida! — Se lo dijo suave.

— Si, pero « *mueres de deseos*» por ser como yo. Mejor deja de criticarme y únete al grupo. Estoy seguro de que los *guanacos,* te sabrán apreciar. ¡Imagínate si saben que has sido reina del lugar!

— Deja de decir tonterías. ¿Qué van a creer los muchachos?

— Nada, solamente que tengo una hermana muy bella. Y eso, no es pecado; pecado es negar lo que Dios te ha dado.

— ¡Zalamera!

La mujer se bajó del caballo, lo amarró a un arbusto y escondiéndose detrás de unos matorrales se quitó el pantalón, el sostén y las botas; solamente, se quedó con la camisa, mangas largas, cuadriculada que llegaba al medio de las piernas.

Mientras se desnudada, la hermana se unió al Roro que no estaba muy lejos. El hermano menor se había ido a merodear cerca de la peña donde caía el agua. Al estar cerca, le dijo:

— ¡Debes ser muy paciente con ella! Desde que la dejaron vestida y alborotada, ni ella misma se aguanta. Además, pronto le vendrá, la visita. ¡Tú comprendes!

— ¡Se maneja un *geniecito*!

— Pero es bella, verás cuando salga. Eso sí, trata de no complacerla con todo, no le gustan los hombres mandilones ni empalagosos ni mucho menos demasiado complacientes.

— ¿Por qué me dices eso?

— Me agradas y porque a lo mejor, le puedes ayudar a superar ese trauma que le dejó ese desgraciado.

— Lástima que no tengamos mucho tiempo, pero lo intentaré.

— ¡Sabes que me gustas! — Se le acercó un poco.

— ¿Y mi hermano?

— ¡También! Sólo que me agradan los mayores.

— ¡Entiendo! ¡También, me gustas; eres muy linda! — La agarró por la cintura y la atrajo un poco hacia él.

La mujer se dejó atraer; luego, poniendo las manos sobre el pecho, lo detuvo.

— ¡Lástima que tu hermano nos está viendo! —Le acarició el pecho y suspiró fuerte.

— ¡Lástima! — Le dijo soltándola y se puso a rozar con los dedos, los pezones.

En ese momento, la hermana salía de los arbustos.

— ¡Ahí viene, tu hermana!

La mujer se volteó y se acercó a la orilla. Sonriendo, le dijo:

— ¡Ves que te cubre casi todo!

— ¡No lo sé! — Trató de bajarse lo más que pudo la camisa.

Alejandra venía, caminando a puntillas y con un rostro de vergüenza. Le molestaba caminar descalza. Al verla caminar con dificultad, el Roro se apresuró a acercarse a la orilla para ofrecerle ayuda. Al salir del agua, el calzoncillo se le pegó a la piel y mostró todo su encanto. La chica no pudo apartar la mirada y un murmullo interior subió por su cuerpo como burbujas de Coca-Cola en pleno desierto.

La camisa cuadriculada llegaba hasta mitad de las piernas. Aunque, al caminar, mostraba el muslo. En su coquetería, se había dejado unos botones del pecho, abiertos. Aquella mujer fuerte y dominante se había desvanecido para dar espacio a una especie de dama delicada. La delicadeza con la que se desplazaba impresionó al muchacho; sin contar que se veía hermosa vestida de esa manera.

La mujer, con el pelo suelto y sin sombrero, se parecía a otra persona. En verdad era muy hermosa. Todo el ejercicio físico del trabajo había provocado que su cuerpo fuera sólido y moldeado. La hermana menor tenía más cintura que ella.

— ¡Mira! Hasta caballero nos salió, el guanaco.

— Mejor cállate que me las vas a pagar.

— Rodrigo, no la suelte que se va a caer. Mejor, tómela en sus brazos para ayudarla.

— ¡Ni, lo intente! — Le dijo señalándolo, pero en ese momento se deslizó y no tuvo otra opción que agarrarse del joven.

— ¡Ves! Este tipo de mujeres sólo quiere a la fuerza o a palos. En cambio, yo estaría encantada de que un hombre me tome en sus brazos. — Se burló de la hermana.

Sonriendo, la hermana menor se alejó en dirección del hermano del Roro. Al llegar, se puso a juguetear con el chico. Mientras tanto, el Roro y Alejandra, se trataban con mucho respeto. En un momento dado, la mujer se paró en una piedra y se deslizó. El chapuzón provocó que se perdieran todas las formalidades. Al salir a flote, la mujer se dio cuenta de que la ropa se le subía hasta el cuello.

— ¡Amárrala por detrás! —Le dijo, la hermana menor, al verla pelearse con la prenda.

El Roro había aprovechado ver a la joven, cuando estaba dentro del agua; al tratar de ayudar para que no se golpeara, la tuvo que agarrar de la cintura. Aquel contacto puso arrisca a la joven pero con la misma le agradeció el gesto.

— ¡Lo siento, no tuve otra opción para ayudar! — Le dijo, arreglándose el cabello mojado.

— ¡Está bien, no fue nada! ¡Gracias!

Después de aquella introducción, las barreras quedaron tiradas. Se pusieron a conversar y, cada vez, se sentían a gusto. Inclusive, por iniciativa de Lupita, comenzaron a jugar tirándose agua y persiguiéndose. Por la primera vez, en mucho tiempo, Alejandra disfrutaba y se veía contenta. De repente, una manada de pericos llegó buscando hacer nido en los árboles cercanos y cuevas de los barrancos. Ahí, el Roro, comprendió ¿por qué? El padrino llamaba de ese modo a la poza. Claro que la belleza de los lirios alrededor de la poza la hacían verse fenomenal, por eso preguntó:

— ¿De quién fue la iniciativa de sembrar lirios?

— ¿De quién más? De mi hermana mayor. Ella es amante de las flores. Vieran como tenía el jardín de la casa que preparaba. ¡Perdón! No quise tocar el tema. — Miró a Alejandra que se había puesto seria, aquel tema todavía hacía daño.

— ¡No seas indiscreta! Sin embargo, es verdad. Me gustan las flores. —Lo dijo con un tono opaco. La mujer se había vuelto a meter en su cascaron.

— ¡A mí también me encantan las flores, aunque no tengo buena mano! Me fascinan: los rosales, el júpiter, las veraniegas, la flor de luna y la campanilla azul. —Aquel comentario hizo reaccionar a Ale.

— ¿Le gusta, la flor del árbol de fuego y el de Maquilishuat.? Desde el nido del águila se pueden observar varios.

— ¿Por qué no suben al nido de águila? — Preguntó Lupe y, con la misma, le apagó un ojo al Roro.

— ¿El nido del águila? Interesante.

— Así llamamos al mirador que se encuentra en la cubre de este acantilado. Le mostró hacia la cima.

— ¡Me gustaría conocer! ¡Vamos!

— Vayan ustedes, nosotros nos quedamos aquí. — Reaccionó la pequeña que deseaba quedarse a solas con el hermano del Roro.

— ¡Está bien! Sólo que me tengo que vestir porque descalza no llegó ni al pie del barranco.

— ¡Yo también! —Dijo, el chico mientras salía detrás de la mujer.

— ¡Cuidado con la subida y la bajada!

— No nos tardaremos mucho, recuerda que mi madre nos espera; la cena debe estar lista. —Respondió la hermana mayor.

Subiendo por un camino entre raíces, peñas y plantas llegaron hasta la cima de aquella pequeña montaña. Desde lo alto, la poza de agua casi no se veía porque el paredón estaba muy inclinado. Se sentaron sobre una roca medio plana y se pusieron a observar el paisaje. Un breve silencio se instaló entre los dos, algo así como deseando alimentarse de aquella belleza natural. La manada de pericos, y otras aves, buscando nido para pasar la noche, se veían volar sobre la copa de los árboles; en la distancia, se podía ver algunos animales del rancho y, en ciertas partes, los árboles de fuego que con su rojo o amarillo intenso sobresalían en las montañas.

De repente, sin verlo, la chica dijo:

— ¡Aquí vengo cuando me siento sola!

— ¡Espero que no sea muy seguido! Una mujer linda, como tú; nunca debería sentirse sola.

La mujer al escuchar aquel cumplido, apenas musitó una sonrisa sin decir nada.

— ¿Nunca, te has sentido solo? A veces, me siento sola.

— Por lo general, no. Triste, varias veces. Sobre todo, cuando comienzo algo nuevo; dejando atrás un pasado.

— ¿Cómo haces por no sufrir por un amor? ¡No metes el corazón en tus relaciones!

— Trato de ser realista. Pienso que, las falsas, expectativas o sueños irrealizables son los que provocan un malestar, un resentimiento o una añoranza.

— Sin ilusión, la vida carece de color. Pienso que en una relación siempre hay que poner sentimiento.

— No digo que no ponga sentimiento, es imposible; pero, hay que saber dónde estás parado. Por ejemplo, sé muy bien que estaré en estas tierras un día porque mañana me voy. Sería tonto de mi parte, enamorarme de ti o al contrario. ¿Me doy a entender?

— ¡Creo que sí! En un periodo corto, se puede entender; pero en uno, largo, no. Estuve de novia por casi cinco años y sin más, mi novio se marchó sin dar explicaciones y estando próximos a casarnos. ¿Por qué si no deseaba nada conmigo, se comprometió?

— Trataré de convertirme en el abogado del diablo. ¿Quizás, hubo otra mujer? ¿Las presiones familiares a veces son demasiado fuertes? ¿Se dio cuenta de que, no estaba, enamorado? Puede haber tantas razones. Eso sí, de algo, estoy seguro: no es porque seas fea. Eres una mujer hermosa. Y no lo digo por tus sentimientos; sino, por el físico. No le des tantas vueltas al asunto. Mi padre suele decir; «lo que no es para ti, hay que dejarlo ir».

— ¡Quisiera! ¡Me dolió tanto!

— ¿Qué te duele? Que él te dejara y no tú; que no te hubieras dado cuenta antes; que hayas perdido el tiempo con el tipo; que tus padres se sientan traicionados; estar sola; que no tengas alguien con quien seguir acostándote.

— ¡Sólo me acosté con él una vez! ¿Crees que fue por eso?

— No lo sé, no lo conozco. Hay hombres que, para acostarse con una chica, llegan hasta pedirle matrimonio.

— Si hubiera sido por eso, me lo hubiera pedido.

— ¿Te hubieras acostado?

— No lo sé. —La mujer se tomó unos segundos antes de contestar.

— La verdad, solamente él la tiene. A ti te toca, pasar la página y seguir escribiendo la historia de tu vida. ¿Cómo la quieres seguir escribiendo? En letras tristes, palabras sombrías, frases fúnebres o con letras nuevas, ilusión, alegría y esperanza. Todo depende de ti, no de él.

— ¡Es verdad! Creo que es tiempo de pasar a otra cosa. —Respiró profundo, cerró los ojos y se quedó callada.

Al abrir los ojos, otro semblante apareció en su rostro. Lo miró con cara de agradecimiento y le dijo;

— ¡Me gustó hablar contigo, gracias!

— No hice nada. Espero haberte ayudado en algo.

— Mucho. Creo que debemos bajar porque pronto se hará de noche.

Cuando bajaron, los chicos ya estaban vestidos y esperándolos. Ambos, con una sonrisa maliciosa en sus rostros. Se pusieron en camino al rancho y, en esta ocasión, las parejas se cambiaron: las mujeres, se fueron por delante, y, los hombres, las seguían a varios metros de distancia.

En determinado momento, Lupita echó una mirada hacia atrás con la intención de ver que los *patojos* estuvieran a cierta distancia. Luego, en un tono pícaro, le preguntó a la hermana:

— ¿Y qué pasó?

— ¡Pasó, lo que tenía que pasar! ¿Por qué lo preguntas?

— ¡No te hagas! ¿Hicieron el amor?

— ¡No! ¿De qué estás hablando? Solamente hablamos.

— ¡Um! ¿Pensé que el guanaco era más *buzo*?

— ¿De qué estás hablando?

— Eso significa que el hermano salió, más *aventado*. ¡Nosotros, hicimos el amor!

— ¿De verdad? Y lo dices así, tan campante, como si nada.

— ¿Y por qué dramatizas tanto? Tú eres tonta si no aprovechaste. Ellos se irán mañana y quizás nunca más los volvamos a ver. ¡Uno tiene que aprovechar el momento porque posiblemente nunca más vuelva a pasar!

Aquellas palabras dejaron *boca abierta* a la hermana. La confesión, sin andar con tantos tapujos, la hizo sentirse vieja, aburrida y traumada. Luego, reaccionó, preguntándole:

— Y ¿no tienes miedo, de quedar preñada?

— ¿De qué hablas? No recuerdas que éste es mi tercer día, no hay posibilidades; estoy protegida naturalmente. —Sonrió de manera sabelotodo.

— ¿Es verdad?

— Tú te pones así porque seguro pronto estará en la puerta de tu casa.

— ¡Ya tocó esta mañana!

— Entonces, no desperdicies esta ocasión para sacarte esa espina del alma.

— Un clavo no saca otro clavo.

— No digo que, *te claves*, sólo que pongas un poco de ungüento en la herida. O acaso, ¿no te gustan los hombres?

— ¡No digas bobadas! ¡Claro que me gustan y mucho!

— ¡Demuéstramelo! ¡Yo, he comenzado a dudar! — Quiso provocarla.

— ¡No digas esas cosas! ¡*Bayunca*! — Se enojó y, con la misma, le pegó en la nalga, al caballo de la hermana, para que saliera corriendo. Estaban llegando al rancho.

En ese momento, los últimos rayos del atardecer pintaban los copetes de las montañas y una, suave, oscuridad planeaba en los alrededores. A los minutos, los grillos comenzaron a avisar que la noche había caído. Desensillaron los animales y los amarraron a unos amates frente a la casa. De entrada, les avisaron que la cena estaba lista y, todos, se fueron a la pila de agua para lavarse las manos.

La velada familiar se puso muy amena con los invitados en la mesa. Los bombardearon con toda clase de preguntas desde las más generales hasta las más íntimas. Los chicos, se desenvolvieron como gatos panza arriba hasta que, uno de los trabajadores, llegó a avisarles que una de las vacas que, estaba a punto de dar a luz, se había escapado.

Era una vaca que estaba en vigilancia porque su bebé no se había puesto en la forma adecuada para salir. En ese caso, ellos tenían que intervenir para ayudarla a parir. De inmediato, el padre y Alejandra, se pusieron de pie para ir a buscarla a los alrededores. Armaron varias cuadrillas o grupo de buscadores con la idea de cubrir toda la zona. Al final, Ale había decidido buscar el animal, sin compañía.

Los invitados se pusieron a la orden para ayudar en la búsqueda. El pequeño se unió al grupo encabezado por el padre y el Roro, a otro grupo. En ese momento, intervino Lupe y, le sugirió, al padre que enviara al ahijado con la hija para que no anduviera sola por los montes. Alejandra no le gustó aquella intervención. Las palabras de la hermana y la presencia del joven la tenían inquieta.

Al padre le pareció buena idea y dio la orden. La hija no tuvo palabras para objetar al progenitor y contra su voluntad, aceptó la compañía. En el fondo, no le parecía mal la idea pero un miedo interno le carcomía la piel.

El Roro notó aquel malestar y quiso echarse atrás. La hermana menor se lo pidió como favor y éste no pudo negarse. El ambiente entre los dos, se puso tenso y al salir, inclusive, el chico se puso detrás de ella.

La mujer, con una luz potente en la frente, de esas que utilizan los cazadores nocturnos, buscaba en los alrededores. El silencio entre ambos era perturbador y, hasta, incómodo. De repente, la mujer le dijo con voz tosca:

— ¡Si va, acompañarme, prefiero que este a mi lado! Atrás no me sirve para nada.

El chico apresuró el paso y se puso al costado de inmediato. En ese momento, aprovechó para poner las cosas claras:

— No sé ¿qué hice? Para que, esté, así conmigo. Si la ofendí, me disculpo. Si es porque le impusieron mi presencia; créame que lamento eso. Estaba fuera de mi control.

La chica al escucharlo, recapacitó y se dio cuenta de que la había *regado* con el invitado.

— ¡Discúlpeme! No quise hacerlo sentir mal. No me molesta su compañía. Lo que pasa era que deseaba tener un tiempo para pensar en algunas cosas que me están pasando.

— ¡Entiendo! ¡En ese caso es mejor que me devuelva al rancho! Sólo dígame por dónde vuelvo porque ando un poco desorientado —Se puso a reír y la risa contagió a la mujer.

— No es necesario. Ya se me pasó el arrebato. Deben ser, mis hormonas. —Le dio a entender que la regla pronto llegaría.

— ¿Está segura? Mire que una mala compañía es como piedra en el zapato.

— ¡De verdad! Usted no me cae mal, al contrario aprecio mucho su presencia. Con usted he hablado cosas que no he hecho ni con mi madre que es la más cercana a una amiga.

— No me gustaría hacerla sentir mal. Mañana me iré y desearía que, se quede, con una impresión bonita. Quizás, nunca más volvamos a vernos.

Aquellas palabras parecieron un eco de las dichas por la hermana. Y, casi sin pensarlo, le respondió:

— Entonces, hagamos de su estadía algo bonito de recordar. —El rostro de la mujer se le iluminó y, algo en ella, se despertó con una fuerza estremecedora.

En ese momento, un ruido raro puso inquieto a los caballos. Ambos, *pararon las orejas,* y descubrieron, el quejido del animal. No muy lejos del lugar, en medio de un *zacatal,* se encontraba la vaca a punto de dar a luz. El ternero no podía salir porque estaba atravesado.

Ambos se bajaron de sus animales. Alejandra, con más experiencia en el ramo, agarró la batuta de la situación. De inmediato se dio cuenta del problema y se puso de rodillas para tratar de enderezar al pequeño. Le pidió ayuda a su compañero de búsqueda para que levantara las patas del animal que, de tanto esfuerzo, estaba a punto de desfallecer.

Como a la media hora de batallar, hombro a hombro, y en el límite de sus fuerzas físicas. Lograron darle vuelta al ternero y sacarlo del estómago de la vaca. Por suerte, el *pequeñín* estaba sano. Apenas se levantó y se puso de pie. La madre, en cambio, duró varios minutos antes de dar signos de recuperación.

Satisfechos de haber salvado ambos animales, los jóvenes se quedaron sentados en el pasto. Ambos estaban empapados de sudor y del líquido que envolvía al ternero. Amarraron, los animales, y se fueron a lavar a una especie, de ojo de agua. Un pequeño riachuelo que tenía su nacimiento en unas peñas y, en su base, formaba una poza de un metro de hondo.

Al llegar al lugar, se asombraron por el espectáculo. La naturaleza les había preparado una sorpresa. En aquel manto de agua que parecía espejo, se pintaba un hermoso cielo. La luna y las estrellas se engalanaban flotando y jugando; según, el movimiento de las olas que una, suave, brisa dejaba escapar.

Por un instante, ambos actores, se quedaron mudos ante tanta belleza. Inclusive, hasta los animales nocturnos se complacían cantando una sinfonía que iba directo al corazón. Casi se parecía a una alabanza de agradecimiento por un gesto de amor.

De repente, la mujer, dijo:

— ¿Te atreves a darte un chapuzón? El agua debe estar fresca. Mírame como me encuentro, sudando hasta de dónde no me imagino. —Aquella frase atrevida le salió naturalmente.

Sin esperar respuesta, se quitó las botas; el pantalón y el sostén para quedar sólo con la camisa de vaquero. Al verla desnudarse frente a él, el joven la imitó. Poco a poco, ella se metió con cierto miedo a las piedras. Por suerte, aquella piscina natural tenía de fondo una capa de arena fina.

El chico la siguió a unos pies de distancia, sin quitarle la mirada porque se veía hermosa de espaldas con el cabello que le caía hasta la mitad de su espalda. Él iba solamente en calzoncillo. Cuando la mujer, estaba en el centro, se dio media vuelta. Al ver que caminaba a paso lento, pero con una sonrisa maliciosa. Alejandra, metió las manos, en el agua, y se puso a bañarlo. La reacción del joven fue de frío, pero se prestó al juego respondiéndole de la misma manera. Luego, terminó levantándola por la cadera y, juntos, cayeron en el agua. Aquel pequeño juego dio entrada a un coqueteo que terminó en un beso que sorprendió a la mujer. Y no tanto, porque no quería; sino porque fue ella, quién buscó, la boca al muchacho.

Se descubrieron amarrados en medio del agua; se miraron, a los ojos y, por unos segundos, no supieron qué hacer. Estaban indecisos en continuar o parar. El muchacho esperó que la mujer diera el primer paso.

Alejandra, tomando la iniciativa, le dijo:

— No tengo experiencia en besar ni en hacer el amor; pero quisiera hacerlo contigo. ¡Creo que mi cuerpo me lo exige para superar algo!

— Entonces hagámoslo. No soy experto pero, también, te deseo.

La muchacha le sonrió y se puso a acariciarle el rostro suavemente; mientras tanto, el cipote hacía lo propio bajo el agua.

Ahí permanecieron más de una hora e hicieron el amor, varias veces. Luego, volvieron al rancho dónde los esperaban con expectativa. Al ver que llevaban la vaca con el becerro, se alegraron mucho. Solamente, la hermana notó en el rostro de su hermana algo diferente.

Antes de dormir, el hermano del Roro le confesó que se iba a quedar en el rancho. El padrino le había hecho una propuesta de trabajo. Durante la búsqueda, se pusieron a hablar y, el chico, le comentó la idea de convertirse en ganadero, como él. Aquel propósito agradó al señor y fue cuando le propuso el trabajo. La idea era trabajo por ganado. Sin contar que al ahijado tenía planeado darle una novilla cargada para que se ayudara con los estudios.

Por mucho que trató de disuadirlo no logró convencerlo. El Roro, aducía que no era solamente el trabajo que lo retenía, la hija menor estaba de por medio. El miedo que tenía era que se embarcara en algo serio, sin pensar, las consecuencias. Él era de la idea: « si alguien se metía a algo por un motivo específico; saldría por el mismo motivo». De igual manera, comprendió que con un necio, loco o fanático nunca saldría ganando. Así que se dijo: « mi hermano aprenderá a las buenas o a las malas».

Ese día, todo el mundo, se levantó con el canto del gallo, a buenas cuatro de la mañana. El hermano menor se puso de pie y dispuesto a comenzar su nuevo trabajo de la mejor manera posible. Como pensaba que no volvería a ver a su hermano, lo despertó para despedirse. En eso estaban, cuando llegó Alejandra para saludarlo y despedirse porque, igualmente, creía que ese día se iría. La mujer casi no había dormido en toda la noche porque su cuerpo había quedado encendido.

El hermano menor, los dejó solos porque se fue a lavar la cara y los dientes. La chica no anduvo por las ramas y le dijo:

— ¡Quería despedirme aunque no me gustan las despedidas! Los buenos recuerdos casi no me dejaron dormir y, aunque, quisiera que te quedaras más tiempo, sé que debes marcharte.

— ¿Quieres que me quede? Aunque sea, un día más. No podría darte más.

— ¡Claro que sí! Algo es mejor que nada. Me gustaría que conocieras la casa que estoy construyendo.

— ¿No te trae malos recuerdos?

— Me traía, también quiero superar eso. ¿Me ayudas?

— ¡Será un placer! Sólo recuerda que mañana tengo que irme.

— Ni lo menciones, prefiero no pensar en eso. Ahora, solamente, hay un día más para tratar de seguir dejando buenas impresiones.

— ¡Listo! Me quedó.

— ¡Entonces te veo al medio día!

Por la tarde, las dos parejas salieron juntas, pero en el camino se separaron. Ese día, la pasaron de maravilla. Ella, lo grabó en su corazón y le puso la etiqueta de: jornada imborrable en su vida. Al siguiente día, antes que el gallo cantara, el Roro salió del rancho sin su hermano. No se despidió de la chica, solamente del padrino. La idea fue mutua porque las despedidas no eran bienvenidas.

Ese domingo, llegó a la casa de sus padres como a las ocho de la mañana y , alrededor de las doce, retomaba el camino a su nuevo hogar.

Mientras volvía a la ciudad morena, se recordó de las palabras de su hermano al explicar la decisión de dejar la escuela. « Para lo que quiero en la vida, la escuela ya me dio todo lo que tenía que darme. Ser ganadero me dará dinero y prestigio en la vida. Buscaré una buena mujer y tendremos, tantos hijos, como me los quiera dar Dios».

El padre le dio su herencia en dinero, *contante y sonante*; la madre de la Negra, le envió el sobre que contenía otra cantidad de dinero. Con todo eso, se alejaba de su terruño querido, no sin volver a sentir aquel deseo. El que le recordaba que, ahí, parte de su vida se quedaba preso. Por alguna razón desconocida, algo le decía que su amiga, la Negra, no estaba bien. Él se prometió que tan pronto tuviera tiempo se iría a buscarla.

El chico estaba metido en su cuento, cuando el movimiento de los pasajeros hacia un lado del vehículo lo sacó de aquel transe. Los gestos, palabras y comentarios lo volvieron a la realidad. La guerra que nunca quiso, mostraba sus uñas. En esta ocasión, eran los cuerpos de unos jóvenes que estaban amontonados sobre la cuneta de la carretera. La crueldad, con la cual los habían matado, daba muestras del horror que, aquellos muchachos, habían sufrido antes de la muerte. El chico se negó a levantarse y, simplemente, bajo su rostro; aquella escena sólo cambiaba el escenario y los actores, pero el guion de la película de terror, seguía siendo igual.

LA AGRESION SOBRE RUTH

Como siempre, el camino hacia la parte noroeste del pequeño país centroamericano atravesando las montañas, era complicado. En esa ocasión, la carretera, hacia la capital, estaba bloqueada a la altura de Izalco, el pueblo indígena más representativo del «Pulgarcito de América» porque, en ese lugar, ocurrió un hecho histórico lamentable: la matanza de más de veinticinco mil indígenas, por parte de las fuerzas armadas dirigidas por un tal: Maximiliano Hernández Martínez. Eso ocurrió en el año 1932 y, adujeron que eran comunistas porque reclamaban sus derechos y se alzaban contra el gobierno militar.

Por esa razón, después de esperar varias horas en la ciudad cocotera de Sonsonate, decidió irse por la carretera que llevaba a la ciudad de los Ausoles, Ahuachapán. Esta era desconocida pero le resultó agradable porque conoció otros pueblos interesantes, como: Nahuizalco, Salcoatitán, Juayúa, Apaneca, concepción de Ataco y la ciudad de Ahuachapán. Luego, buscando a la ciudad morena, pasó por: Turín, Atiquizaya y Chalchuapa.

Después de más de cinco horas de recorrido en bus, llegó a la terminal de Santa Ana, más o menos, como a las tres de la tarde. Supuestamente, los domingos, Esther cerraba el negocio temprano. Se la imaginaba limpiando las mesas y preparándose para el siguiente día. A esa hora, muy pocos clientes visitaban el negocio.

Al dar vuelta en la esquina de la calle donde estaba la casa de sus familiares, pudo notar que casi no había nadie afuera. Caminó, con paso firme, hacia la vivienda con la idea de ponerse a descansar para recuperarse del cansancio del viaje. Las ideas iban y venían en su cabeza, el joven no dejaba de planificar sus cosas. Una de las cuales que tenía en mente, era: darle parte del dinero a Sofía para que lo pusiera a producir, de esa manera ambos saldrían favorecidos.

En esa sintonía estaba, cuando, al estar a unos pasos de la puerta del negocio, comenzó a escuchar unos gritos de auxilio. Rápidamente, reconoció la voz de Ruth. Los pelos se le pusieron de punta y la sangre se le subió a la cabeza. No espero a que le invitaran al baile, entró como una tromba y encontró que un tipo trataba de abusar de la mujer. La tenía patas arriba y casi desnuda, la mujer peleaba con todas sus fuerzas y, al verlo, le gritó que le ayudara.

El tipo, agarró un cuchillo que estaba sobre una mesa y se lanzó con patada al estómago. El agresor que no lo vio llegar, cayó a un lado de la mujer doliéndose. El chico, sabiendo que no le podía *dar agua* al tipo, se le tiró por atrás y clavándole el cuchillo en el cuello, lo amenazó de muerte.

El bandido, al verse, sometido y sintiendo el filo del arma blanca, se puso a rogar que no lo matara. La sangre había comenzado a correr por su cuello.

— ¡Tipos así no merecen vivir! ¡Dame un motivo para no matarte! —Le dijo fuerte y con mucha rabia.

— ¡Tengo una familia! ¡Tengo hijos! ¡Por favor, no me haga daño! Te juro que nunca más pasaré por esta calle. — Las lágrimas de cocodrilo salieron florecer en el tipo y, la supuesta, borrachera se había *ido al carajo*.

— ¡Pide, disculpas, a la dama! — Le sermoneó introduciéndole un poco más el arma.

— ¡Lo siento, señora; no lo vuelvo a hacer!

Ruth, se levantó y le soltó un manotazo que lo dejó medio zurumbo. Luego, se escudó detrás de su protector. Aquel golpe provocó que la punta del cuchillo se incrustara en la piel y la sangre saliera a relucir.

El maleante lo repitió tres veces y se puso a llorar cómo un niño. Mientras tanto, Ruth que se encontraba detrás del chico, le puso sus manos sobre el hombro y le dijo al oído, llorando:

— ¡Déjelo ir, no le haga daño! Estoy bien, no me ha pasado nada.

— ¿Tengo ganas de matarte? — Le dijo el Roro apretando los dientes. Luego agregó: Voy a hacer una excepción, aléjate de mi vista; porque si cuento hasta diez y todavía estás por aquí. ¡Te juro que te mato, desgraciado!

Apenas los soltó y, el tipo, salió corriendo «*patas para qué te quiero*». El Roro y Ruth, se quedaron viendo con cara de susto. Luego, en un salto de adrenalina, se le colgó del cuello poniéndose a llorar como una niña. Le dijo, desesperada:

— ¡Cierre el zaguán porque puede volver! — Temblaba de miedo.

Entre los dos bajaron aquella puerta de metal y al cerrarla, Ruth se volvió a colgar del joven. Siguió llorando y, en un momento dado, le dijo:

— ¡Creo que me voy a desmayar! ¡Mis piernas se me *aguadan*!

El joven, como pudo, la tomó en sus brazos y, levantándola, la llevó al cuarto. La depositó sobre la cama delicadamente y se puso a consolarla. Fue hasta ese momento que se dieron cuenta de la realidad. La mujer había quedado con golpes en el cuerpo y con la ropa hecha pedazos: roto uno de los tirantes del vestido, el sostén en dos partes y el vestido, con ciertas partes rotas.

Al tratar de cubrirla, se dio cuenta de las señales en el cuerpo. Había arañones, mordidas y *moretes*. La mujer se enrolló, como si fuera un bebé en el vientre, y continúo llorando. Al rato, ella comenzó a recuperar sus emociones y su control. Se sentó en el borde de la cama y secándose las lágrimas, dijo arreglándose el vestido:

— ¡Mire, cómo me dejó! —La dama no lo quiso voltear a ver por vergüenza.

— ¡Lo siento por no llegar antes!

— ¡No se preocupe que no es su culpa! —Le tocó la pierna con la mano, pero sin mirarlo. ¡Me siento mal! ¡Sucia! ¡Quisiera salir corriendo!

— ¡Tranquila! ¡Ya va a pasar!

— ¿Por qué lo hizo? Yo no lo dije nada, sólo que se marchara. Ni siquiera lo conozco.

— No se haga problemas que usted no es el problema. El hombre es el que está loco. Usted no hizo nada. Lo mismo le hubiera pasado a otra mujer.

— ¿Quizás, lo provoqué al verme vestida así? ¿Me habré pintado demasiado? ¿Qué hice? —Se le quedó mirando con ojos tristes.

— Repito, usted no es la culpable. El tipo es el malo de la película.

La mujer comenzó a llorar de nuevo y el muchacho se arrodilló para ponerse frente a ella. Le levantó el rostro y le secó las lágrimas con la mano. Al verlo, sus ojos se abrieron de miedo y le dijo:

— ¡Está sangrando! ¡Está herido! ¡Oh Dios mío, no!

La mujer se puso a revisarle el pecho para tratar de descubrir de dónde sangraba. El Roro la trató de disuadirla diciéndole que no tenía nada, que era la sangre del tipo pero la mujer parecía no escuchar. No quedó tranquila, hasta que, le quitó, la camisa y se dio cuenta de que no tenía nada. Al menos, ese gesto la sacó de aquel hoyo de pánico en el cual estaba metida. De repente, dijo levantándose precipitadamente:

— ¡Tengo que irme a bañar! ¡Necesito limpiarme! ¡Me siento sucia!

Se dirigió al baño y, abriendo una cortina de plástico, se metió al pequeño cuarto de ladrillo rojo. Mientras tanto, el Roro se fue para su cuarto con la intención de cambiarse de ropa, sobre todo, la camisa.

Estaba buscando la ropa, cuando escuchó que caía algo con golpe y, luego, se escucharon unos gritos, envueltos en llanto. Pensó lo peor y se precipitó al lugar, sin preguntar qué pasaba, entró al baño. Para su sorpresa, la mujer estaba totalmente enjabonada y llorando de espaldas a él. Se había acurrucado.

— ¿Qué pasó? — Preguntó, asustado.

— No sé ¿qué me pasa? ¡Todo me está saliendo mal! Hasta el agua se fue y me dejó enjabonada… ¡Mire!

— ¡Tranquila! ¡No es nada grave! Ya le voy a traer agua para que se quite el jabón. Respire despacio. Es normal, lo que ha vivido es muy fuerte, pero ya va a pasar.

La mujer permaneció acurrucada con su cabeza sobre sus rodillas. El chico, la dejó, por unos segundos y regresó con un guacal lleno de agua. Se puso a bañarla suavemente, dejando caer el líquido, despacio, con mucha delicadeza. La mujer no decía nada. Se mantenía con los brazos cruzados sobre sus senos. El joven repitió la acción varias veces. Luego, agarró una toalla y la envolvió con suavidad, la tomó en sus brazos y la llevó de nuevo al cuarto. En el camino, el chico pudo notar, lo mal que estaba.

La depositó en la cama, luego agarró una sábana y la cubrió hasta la cintura. La mujer estaba acostada en forma fetal. El joven, se sentó frente a ella y acariciándole el cabello, le dijo:

— ¡Ya va a pasar!

La mujer pareció aceptar aquella afirmación y medio hizo una mueca con su rostro. Respiró profundo y dijo repitiendo las mismas palabras escuchadas antes « ¡Ya va a pasar! ». Cerró sus ojos y respiró profundo. Luego dejó escapar otra frase «No hagas un drama de esto que no ha pasado nada. ¡Gracias a Dios! ». Aquellas palabras parecieron darle valor y vida a la mujer; haciendo un esfuerzo, se enderezó y, sosteniéndose de los hombros del joven, se incorporó para sentarse al lado de su acompañante.

— ¡Gracias! ¡Verdaderamente gracias! ¡No quiero imaginar que hubiera pasado si no hubiera estado aquí!

— ¡Cómo dicen los creyentes! Dios sabe ¿por qué me trajo hoy aquí?

— ¡Creo que me salvé de algo muy feo! ¡Por eso no me gusta que mi hija se quede sola en la tienda! ¡Y todo por ésta, maldita, guerra que ha provocado tanto desempleo y vagancia! ¡Mire cómo he quedado! —Le mostró *los moretes* en las piernas y en los brazos.

— ¡Lo sé! ¡También, veo que tiene unos en la espalda! Quizás, cuando la presionó contra la pared.

— Fue, tan rápido. No me dio tiempo de defenderme. ¡Sólo deseaba que me escuchara!

— Llegué lo más rápido que pude. —Le puso el brazo sobre el hombro.

— Lo sé, créame que lo agradezco. De corazón. — Apoyó su cabeza en el pecho del chico.

Pasaron unos minutos, luego le propuso que le prepararía una tisana de manzanilla para calmarle los nervios. La dejó sentada viéndolo como se retiraba. Después de unos segundos, la mujer se puso a buscar ropa para cambiarse. Trató de darse ánimos y, cerrando sus ojos, dijo: « no te puedes dejar vencer; levanta la cabeza y sigue adelante».

Al rato, se unieron en la mesa del patio donde el joven la esperaba con la bebida caliente. Se sentó a un costado para estar cerca de él. El muchacho imaginó que lo hacía para sentirse más segura. Normalmente, lo hacía al lado opuesto.

Después de unos minutos, sin hablar, de repente, la mujer le dijo:

— ¡Estoy pensando en cerrar la tienda! ¡Es muy peligroso!

— ¿Está segura? ¿Se puede dar ese lujo? ¿El *dinerito* que le entra por ahí, no le va a hacer falta?

— ¡Sí, pero tengo miedo!

— Si es ése, el caso; tiene que hacer cómo dice, mi padre: «para vencer al miedo, necesita enfrentarlo». Dice que el miedo es como una bola de nieve, más rueda y más grande se hace con el tiempo; por lo tanto, se vuelve más difícil de vencerlo. Huyendo nunca se vencen los miedos, hay que enfrentarlos.

— ¿Cómo? — Le puso una mirada triste y desalentadora.

— ¡No sé! ¿Quizás, agarrando el toro por los cuernos?

— ¿No entiendo?

El Roro se agarró de la experiencia vivida con su amiga, la Negra. Le dio algunas ideas y trató de remontarle la moral. Le, hizo ver que solamente había sido un susto, un mal momento; ese episodio no tenía razón para darle mucha importancia. En ese momento se recordó de la historia del tipo que caminaba en el desierto. Éste individuo escribía sobre la arena todas las cosas negativas que le pasaban durante el día; luego, escribía sobre las rocas las cosas positivas. La idea era que: las cosas negativas, las borre el viento y el tiempo; cosa contraria con las positivas, ésas deben permanecer escritas en la roca de nuestro corazón.

La mujer pareció comprender el mensaje, su cara reflejó otra mirada. Inclusive, casi cómo dándose un empujón emocional, se dijo:

— ¡Es verdad! No puedo ni debo dejarme vencer por esto. Mi hija depende de mí. ¡No ha pasado nada que lamentar! Sólo son unos rasguños.

— ¡Así se habla! —La motivó a seguir por el mismo camino.

— ¡Quizás, solamente fue una pequeña advertencia para no ser tan confiada en estos tiempos difíciles!

— ¡Claro! Sería bueno imitar a los otros negocios. Poner una baranda de hierro, abrir a ciertas horas, contratar a algún vigilante, etc.

— Sí, pero eso necesita plata. No tengo para hacer esa inversión.

— ¡Quizás, yo le pueda ayudar! Mi padre me dio un *dinerito* y lo podría utilizar para mandar a hacerla. Contratar a alguien sería para después.

— Gracias, pero siendo honesta me costaría devolverle el dinero prestado.

— No se preocupe por eso, es mi regalo. —El chico conocía la situación de la mujer.

— ¡No se lo puedo aceptar! Seguro es para sus estudios.

— No se preocupe, eso lo tengo arreglado y me quedaré con lo necesario.

— Entonces, lo acepto como préstamo. Se lo pagaré por mensualidades.

— No se preocupe, digamos que le pago el alquiler por adelantado. Luego, veremos.

— Bueno, si es así lo aceptó. Mañana, iré a buscar alguien que la haga.

La mujer respiró fuerte y mirándolo fijamente le dijo:

— Pero cuento con su presencia… ¿Verdad?

— ¡Claro que sí! Me convertiré en su sombra. ¡Casi cómo su esclavo!

— ¡Ni tanto! Me basta con qué lo vea cerca. Y otra cosa… ¡Guardemos esto entre nosotros! Mi hija no debe enterrarse, no quiero preocuparla por algo que no tuvo mayores consecuencias.

Levantaron los platos y los lavaron. Luego, sin decir mayores cosas, la mujer se despidió y se retiró para su dormitorio. El Roro, al ver que la mujer se veía más tranquila, se marchó a su cuarto. Las clases, supuestamente, comenzarían de manera normal el día siguiente. Viendo la situación de la familia, el chico pensó que, quizás, tendría que hacer un esfuerzo para estar en la casa. Cosa de dar seguridad y tranquilidad a Ruth.

Como a las once de la noche, un ruido en la cocina despertó al joven. Se levantó para averiguar quién era, por aquello de los ladrones. Solamente con su *calzoneta* puesta se dirigió al lugar. Al llegar, vio a Ruth pelando unas papas. Estaba preparando el almuerzo del día siguiente porque no podía dormir. Ella estaba parada bien concentrada en lo que hacía que no se dio cuenta de la llegada del muchacho.

— ¡Hola! ¿Qué hace levantada tan tarde? ¿No puede dormir, verdad?

— ¡Ay! ¡Hola! Me asustó. Dejó el cuchillo sobre la mesa y se puso la mano sobre el pecho. ¡No lo oí llegar! ¿Lo desperté? ¡Lo siento!

— ¡No hay problema! No había entrado en la parte profunda. ¿No puede dormir, verdad? —Le volvió a repetir la pregunta.

— ¡Parece que no! Además, me acordé que no había preparado el almuerzo.

— ¡Entiendo! ¿Le puedo ayudar en algo?

— ¡No se preocupe! ¡Mejor váyase a descansar!

— ¡No me molesta acompañarla! Y si voy a estar aquí, entonces lo mejor es que me aproveche para cualquier cosa.

— ¡Bueno! Si insiste… ¡Corte esas cebollas en rodajas medianas!

— ¿Usted quiere verme llorar, verdad?

— Sí, quiero comprobar si es verdad lo que dicen que los hombres no lloran.

— ¡Eso no va conmigo! A mí se me corren las lágrimas con sólo ver una película en la tele.

— ¡De verdad! Muy pocos hombres he oído aceptar eso.

— ¡Imagino que es el machismo! Pero yo he comprobado algo: el ¿qué dirán? No me da de comer. Y las cosas que hago, no me hacen menos hombre. ¡Mire, hasta, me miro bonito con este mandil! —Se amarró la prenda de tela alrededor de su cintura.

— ¡De una *vueltecita* para apreciarlo mejor! —Le bromeó la mujer para seguirle la corriente.

El chico se puso a modelarle a la mujer que aprovechó para verlo de pies a cabeza por detrás. Luego le dijo:

— ¡No se puede negar que tiene lo suyo… y bien puesto!

— ¡Gracias! El cumplido se agradece.

El joven se metió al trabajo de cortar las cebollas y, luego, otras verduras. Entre los dos prepararon todo y metieron aquella ave al horno de gas. Luego, decidieron lavarse las manos. Ruth vestía una salida de baño de tela de toalla de esas que se amarraban por la cintura. Mientras ejecutaba la acción, el Roro la contemplaba sin decir nada y, ella, sintiendo los ojos puestos sobre su persona, le preguntó sin verlo y sin dejar de lavarse.

— ¿Qué pasa? ¿Por qué me ve de esa manera?— Le preguntó sonriendo suave.

— ¡Nada! ¡Pensaba!

— ¿En qué? O mejor dicho, ¿en quién?

— ¡En quién más… en usted!

— ¡Y eso!

— Pienso que es una mujer fuerte. Qué lamento lo que le ocurrió. Qué quisiera haber hecho algo más. Qué quiero hacer algo más.

— ¡Fuerte! En apariencia. Y lo que ocurrió pienso que fue por algo. De seguro Diosito quiere que aprenda algo. Y con lo que hizo, fue suficiente. Mire, por usted no me pasó nada que pudiera lamentar. Y le juro que ya está haciendo bastante… con su presencia, su soporte, su caballerosidad, su ánimo y discreción. —En ese momento, se le llenaron los ojos de lágrimas.

El chico se le acercó y poniéndose frente a ella, le colocó sus manos sobre los hombros. Luego le dijo:

— ¡Si quiere llorar no se detenga! Le presto mi pecho.

— ¡Usted quiere verme llorar para desquitarse, verdad! —Se secó, las lágrimas y le dio *un golpecito* en el pecho con la mano abierta al joven.

— ¡Quién diría! He visto esta mano dar una cacheta a alguien. —Sostuvo la mano de la mujer apretándola con la de él.

— ¡Eso me salió de lo más profundo!

— Se lo merecía ese tipo. No sé si vio la cara de asustado que puso cuando lo solté.

— Eso fue por la sangre que tenía en el cuello.

— Sí, pero lo corté porque con el golpe tuve que apretarlo para que no respondiera.

Ambos sonrieron de buena gana. Luego se quedaron agarrados de la mano sin decir nada.

— ¡Gracias por ofrecerme el hombro! Usted es un buen hombre.

Se le quedó mirando y se puso a acariciarle el rostro muy suave. Luego le dijo:

— ¡Sabe una cosa! Me quedé con las ganas de saber algo. Usted dijo que tenía que aprender a defenderme pero por mucho que quiera un hombre siempre va a ser más fuerte que una mujer. ¡Estamos en desventaja corporal!

— Es verdad que somos más fuertes. Hay que recordar, el cuento de Sansón. Le quitaron el pelo y lo vencieron. Con esto le quiero decir que todos tenemos un punto débil, simplemente hay que saber dónde se encuentra. Nuestro punto flaco es sin duda, en medio de las piernas, en los testículos. Un pequeño golpe y manda, a la lona, a cualquiera.

— ¿De verdad? Decirlo a hacerlo es complicado. Y depende, si está enfrente o detrás.

— ¡Lo sé! Pero lo primero que tiene que hacer es no agarrar pánico. El control es la clave. Quiere ¿qué practiquemos?

— ¡A ver! ¿Qué tengo que hacer?

En ese momento, comenzaron un juego de seducción bajo el pretexto de aprender la defensa personal.

— Me pondré por detrás de usted. Ahora vamos a imaginar que quiero agarrarla por detrás. ¡Tranquila! No se asuste que soy yo. — Le dijo para tranquilizarla.

— ¡Está bien! Estoy lista. —Respiró y trató de ponerse en calma. Una sonrisa leve se dibujó en su rostro.

— ¡Cómo le dije! Lo que tiene que hacer es no asustarse y tratar de darse vuelta, sus armas son las uñas, dientes y manos. No tiene que pensarlo mucho, se tiene que dar media vuelta y agarrarlo de sus partes. ¿Quiere que probemos?

— ¡Bueno!

La agarró despacio, le dijo cómo darse vuelta y dónde tenía que apretar. Claro que todo se hizo en cámara lenta. Luego, le dijo que lo harían de forma real.

— ¿Quiere que lo hagamos: con la luz apagada o encendida?

— No sé, ¿qué piensa?

— Dejaré una luz encendida para no estar en completa oscuridad.

— ¡Está bien! —Le sonrió porque el juego le parecía interesante.

Mientras se retiraba para lo oscuro, le dijo:

— Recuerde, lo primero es no asustarse. ¡La voy a agarrar de la cintura!

Dejó unos segundos de silencio para concentrarse en el juego. Luego, se dirigió a la mujer que se puso a secar la mesa, inclinándose sobre el mueble.

El Roro, la miró y se acercó; la tomó, por la cintura y, luego, le atrajo hacia él. ¡Éste es el primer paso! Ahora, trate de darse vuelta. —La mujer lo hizo sin tocarlo.

— ¡De esa manera!

Quedaron frente a frente, muy cerca. Un sentimiento extraño los invadió de repente. Se miraron, a los labios, y un impulso quiso que se besaran pero se retuvieron.

— ¡Así! Pero acuérdese que tiene que meter la mano muy segura y cuando agarre en medio no suelte. ¡*Segurito* lo tira al suelo! — Se alejó de la mujer para huir de la tentación.

Ruth también se sintió un poco cohibida y arreglándose la prenda por el pecho, le sonrió.

— ¡Ahora veamos un ataque por delante! ¿Está bien?

— ¡Sí! Aunque teniéndolo tan cerca, me preguntaba: ¿Sería capaz de reaccionar con alguien desconocido.

— ¡Eso, solamente, lo sabremos si pasa, esperando que no suceda!

Le mostró la técnica y, la mujer, comprendido la maniobra. Cuando se pusieron a practicarla, el chico le dijo que tenía que ser certera en el golpe.

La mujer le preguntó:

— ¿Usted cree que hubiera resultado con el tipo que la atacó?

— ¡Creo que sí! ¿Quiere que practiquemos? ¿Dígame como fue el ataque?

Ruth le explicó cómo había sido el atraco con lujo de detalles. Luego, decidieron tratar de recrear la escena. El Roro recordando la escena con su amiga, la Negra, pensó en hacerlo lo más real posible. Se acercó y la agarró por las caderas, rápidamente metió las manos en los senos y en medio de las piernas.

La mujer, a pesar de saber que era un juego, se sintió sobrepasada por la acción. Se dio media vuelta, como pudo y le asestó un golpe con la rodilla en los testículos.

El chico solamente soltó un quejido y se dejó caer a los pies de la mujer que se vio sorprendida.

— ¡Lo siento! ¡Le duele! —Se agachó y lo abrazó queriéndolo consolar.

El joven apenas pudo hablar. Con esfuerzo, le dijo agarrándose sus tesoros.

— ¡Está bien! No pasa nada. —Levantó el rostro para tratar de verla.

Ruth se había agachado para tratar de ayudarlo. Se miraron y una sonrisa despertó en ambos.

— ¡Creo que ha aprendido la lección! —Le dijo hablando con dificultad.

— ¿Le duele mucho? ¿Qué puedo hacer?

— ¡Nada! Tranquila, pronto pasará el dolor.

— ¡Lo siento! — Lo abrazó y metió el rostro del joven en medio de sus senos.

Ambos se quedaron sin moverse pero *apretaditos*. La respiración del joven y el olor de mujer que despedía el cuerpo, provocó que su boca se moviera. La punta de la lengua le mojó la piel y la mujer comenzó a sentir un hormigueo muy bonito en todo su ser. Instintivamente, con su antebrazo, movió uno de los senos para poner el pezón en medio de la boca del joven. Éste, se puso a jugar con la lengua. El juego, discreto, entre ambos llevó a la mujer a experimentar una gran explosión de placer en su organismo. La dama se apretó fuerte al joven y, con la misma, lo apartó. La emoción, la llevó a ponerse de pie de inmediato y a buscar la pila de agua para refrescarse el rostro. Se arregló la salida de baño porque se había abierto y se quedó inmóvil, sin verlo.

— ¡Lo siento! ¡Discúlpeme!

— ¡No! Yo lo siento por el golpe. ¡Creo que le di muy fuerte! —Se volteó para verlo. ¿Le duele todavía?

— Un poco pero ya está pasando.

— ¡Creo que es mejor que se vaya a descansar! No se preocupe que estaré bien. — Le dio la espalda por miedo a que sus deseos la traicionaran.

— ¡Está bien! Si me necesita, sabe dónde encontrarme.

— ¡Sí, lo sé! ¡Gracias!

El joven se dio media vuelta y se marchó. Ruth se le quedó mirando con ojos de mujer La dama había quedado con la piel quemándole por dentro, era la primera vez, después de muchos años que sentía aquella extraña y agradable sensación. Se cruzó de brazos y respiró como deseando guardarse para si aquella bella sensación. Una intranquilidad comenzó desarrollarse como un remolino.

Unas balas, en la distancia, le recordaron que estaban en medio de una guerra. La imagen de la hija pasó en su pensamiento como una estrella fugaz, eso le recordó que estaba sola. De repente, se dijo: «no pierdo nada en aceptar su compañía, me gustaría tanto que me acariciara, sentirme mujer». Cerró sus ojos y se abrazó.

Mientras tanto, el muchacho se metió a su cuarto dejando la puerta abierta. Se lanzó sobre la cama y colocando, la almohada detrás de su espalda, se apoyó en el respaldo de aquel mueble. Se quedó mirando la puerta, como deseando que alguien llegara.

A los minutos, unos pasos algo precipitados se escucharon acercándose. Supuso que era Ruth. Se quedó esperando el desenlace de los pasos pero se detuvieron de improviso, no muy lejos de la puerta. Imaginó que fue algún lapsus de duda en el espíritu de la mujer. La zozobra no duró mucho porque, delicadamente, la figura de la mujer apareció en el marco de la entrada.

La mujer pareció bastante avergonzada y tímida, con los brazos cruzados abajo de sus senos se apoyó en un costado del marco. Lanzó una breve mirada hacia el cuarto pero, la oscuridad, no le permitió distinguir nada. Mientras tanto, el joven le seguía los movimientos. Incluso, le resultaba gracioso aquella manera de comportarse. Parecía una jovencita. Una suave sonrisa, se le dibujó, en el rostro y se animó a saludarla.

— ¡Hola! ¿Todo bien?

— ¡Hola! ¡Pensé que ya estaba dormido! ¡No lo quería despertar!

— ¡No se preocupe que no estaba dormido! ¿Imagino que fueron los disparos los que provocaron el miedo?

— ¡Sí! ¡Lo siento! —Le respondió bajito y tímidamente, casi con vergüenza.

— ¡Entre!

— ¡No sé! — Subió los hombros y musitó una timidez en el rostro.

— ¡Está bien, si así lo desea! Pero si se va a quedar ahí, vamos a tener que alzar la voz y nos van a escuchar hasta en la calle, no digamos los vecinos.

La mujer se quedó reflexionando las palabras y respondió:

— ¡Tiene razón! Es mejor que entre. — Dio los primeros pasos y estirando la mano quiso tocar la cama. Todavía, los ojos, no se habían adaptado a la oscuridad.

— ¡No tenga miedo, todavía no muerdo! ¡Estiré, la mano, para que pueda guiarla! ¡Venga!

— No veo nada. —Estiró la mano.

Le agarró la mano y, *jalándola* suavemente, la colocó a su lado. El Roro se había sentado sobre la cama. La mujer se sentó y unió sus piernas, arreglándose la bata.

— ¡Está bien! Le noto un poco inquieta.

— Un poco. Me siento extraña estando aquí, pero no sabía a dónde ir. ¡Espero, no importunarlo! ¡De seguro, estaba tratando de dormir!

— ¡Usted sabe que no es verdad! ¡Estaba despierto y, en cierta manera, la esperaba! ¡Al escuchar los disparos!

— ¡Sí! No me acostumbro a esta guerra. Además, creo que este ha sido el peor día de mi vida. —Dejó escapar unos segundos y agregó: ¡Lo digo, por el atraco! —Cómo queriendo dar a entender que, la otra cosa, no le había desagradado.

— ¡Lo sé y créame que la comprendo! —Le colocó una mano sobre las manos. Las tenía sobre las piernas.

— ¡Me siento bien a su lado! —Sonrió tímidamente. ¡Me siento cómo una niña tonta! ¿Qué pensará de mí?

— ¡Creo que es una mujer muy valiente, hermosa y, en este momento, sola!

— ¡Gracias, pero no soy hermosa! En verdad, hoy me sentí sola.

— ¡Es hermosa y no lo está sola! Aquí estoy para acompañarla y alejarle esa soledad.

— ¡Qué bueno! — Le tomó la mano y se la llevó a la boca para besarla.

El chico dejó unos segundos su mano entre los labios de la mujer y luego le dijo:

— ¡Tengo deseos de besarla! — Se puso a besarle suave el hombro.

La mujer cerró los ojos y se puso a sentir aquellas caricias labiales. Con ese gesto, le dio la bendición para qué siguiera. Luego, deslizó la mano del joven para colocarla sobre su seno. Dejó que el muchacho la dibujara con los labios. Ahí sentada, deseando, no abrir los ojos, se dejaba acariciar. La bata se deslizó por los hombres para caer enrollada sobre la cintura. Al sentirse, excitada, le dijo:

— ¡Quiero acostarme sobre usted! ¿Puedo acariciarlo?

— ¡Claro! Soy todo suyo. Haga en mí, su voluntad.

El joven la dejó de acariciar y acostándose sobre la cama, la invitó a subirse. La bata de baño que seguía amarrada por la cintura, en un, suave, movimiento cayó como un plomo sobre el suelo. En la oscuridad, se podía ver, claramente, la prenda íntima de color blanco en la cadera de la dama.

Se puso de pie, mientras el joven se acostaba recto sobre lo largo de la cama. Deslizó suavemente su prenda y, ésta, cayó delicadamente sobre sus pies. Con mucha timidez se subió al mueble mientras miraba a su compañero. Luego, murmuró unas palabras: «estoy temblando de miedo, nervios y emoción».

El muchacho, que la veía desde su lugar, sonreía y, estirando sus brazos, la ayudó a colocarse sobre él. La dama no tardó mucho tiempo en acomodarse y agarrar confianza. Sus manos comenzaron a recorrer el cuerpo desnudo del chico. Se puso a dibujar con manos y labios aquel modelo de hombre. Se sintió libre de prejuicios y en completa libertad, se entregó por completo al amor. Casi no hubo palabras entre ambos, parecía que ya habían hablado lo suficiente. Esa noche, casi no durmieron, y amanecieron despiertos hasta que el canto de los gallos, los volvió a la realidad.

La mujer salió del cuarto contenta. Antes, habían gozado del sexo una última vez. Se metió al baño y, hasta se puso a cantar una canción de amor. A eso de las seis de la mañana, el joven se levantó a bañarse. Al salir de la ducha, la mujer lo esperaba con el desayuno preparado y una sonrisa placentera en su rostro.

Se sentaron a la mesa y se pusieron a comer. A los minutos, sin saber, cómo tocar el tema, le dijo:

— ¡Gracias por lo de anoche! Hacía tiempo que no me sentía tan bien.

— Yo también la pasé muy bien.

— No sé cómo debo actuar, me siento extraña. —Murmuró.

— No se haga bolas, disfrute el momento. No tiene ¿por qué?; sentirse comprometida ni mucho menos mal consigo mismo.

— No sé ¿qué pueda pensar de esto mi hija? ¡Cuando lo sepa!

— ¿Se lo piensa decir? ¿Cree que es necesario? Porque mejor no guardamos este secreto entre los dos.

— ¿Usted cree?

— Hay un dicho que dice: «si lo que vas a contar, no tiene relevancia; para qué lo cuentas. Hay cosas que es mejor guardarlas dentro de sí».

— ¡Quizás, tenga razón! Estoy complicándome la vida, como si fuera una chiquilla. Lo que pasa es que me gustó lo de anoche y quisiera contar que me siento bien.

— ¡Me gusta verla así!

— De seguro le parezco una tonta. Yo sé que no estará mucho tiempo con nosotras, pero me sentí tan bien anoche.

En ese momento, la hija entraba a la casa poniendo patas arriba todo. Estaba atrasada y nerviosa porque llegaría tarde. Desde ese instante, la mujer agarró el rol de madre y se olvidó del chico. Éste aprovechó para irse a estudiar.

A eso de la una de la tarde, estaba de regreso porque, la huelga, todavía estaban en pie, solamente algunos maestros estaban dando sus clases. Al verlo, Ruth esbozó una sonrisa de placer, le dio a entender que agradecía su presencia. El miedo a estar sola, todavía rondaba en su espíritu.

Ese día, aprovecharon para buscar a la persona que haría la baranda metálica, compraron los víveres de la semana y depositaron el dinero en el banco. Al regresar, encontraron a su hija con un joven. Era un pretendiente que deseaba presentar a su progenitora.

Se saludaron y, aunque el tipo no era del agrado de la madre, lo recibió con mucha cortesía. El Roro, por su parte, se *hizo el de los tamales chucos*, y se fue a su cuarto.

El supuesto novio de Esther se marchó alrededor de las seis. Luego, escuchó una conversación acalorada entre las mujeres. El muchacho prefirió mantenerse alejado de aquel debate familiar.

Aquella discusión puso ciertas barreras entre ellas. Se sintió en el ambiente mucha tensión y un malestar en la casa. Inclusive, el trato fue: seco y hasta árido. Era la primera vez que las veía, actuar así. De seguro, todavía andaba flotando la idea que su hija se marcharía pronto.

Las mujeres, en su afán ganar, trataban de llevar a su lado al joven. Siendo cauto, el muchacho prefirió mantenerse al margen de aquel problema entre madre e hija. En esos días, las dos, se mantuvieron alejadas del cuarto del chico.

A los dos días, al ver que la situación no cambiaba, las reunió en la sala para darles una noticia. El chico había estado pensando, la manera de volver a contentarlas. Él pensó que su marcha podría ser un motivo.

Utilizando una mentira piadosa, les dijo que posiblemente tendría que volver a su pueblo. Utilizó, la posibilidad de cerrar la escuela de maestros como pretexto. La huelga de los maestros parecía que precipitaría las cosas. Las mujeres recibieron aquella noticia con sorpresa y se lo hicieron ver. Ahí aprovechó para entrar en el tema del conflicto. Primero, les habló de lo que admiraba en ellas cuando llegó: la relación amigable y cariñosa entre ambas. Después, les habló que en la realidad ambas se necesitaban, que un tercero no debería romper aquella relación tan especial y bonita. En tercer lugar, les pidió que trataran de poner un poco de agua en el vino de cada una para suavizar el trago.

Las mujeres, al principio, no mucho les gustó que se entrometiera en su pleito. Después, conforme hablaba, doblegaron sus rodillas. Al final, fue la madre quién dio el primer paso pidiéndole perdón a la hija; le expuso sus miedos y sentimientos. Después, la hija puso lo suyo para terminar amarradas llorando como niñas.

Después de ese día, la relación entre ambas pareció crecer. En cuanto a la relación con el Roro, ambas decidieron mantenerse un poco a distancia. Solamente, cuando la hija no estaba en casa, Ruth se atrevía a buscarlo. Esther, por su parte, casi siempre lo buscaba con el fin de preguntarle cosas íntimas.

El chico aprovechó esos días para alejarse un poco del hogar, le debía una visita a Sofía. La otra parte del dinero que había decidido invertir en su negocio, necesitaba entregárselo. Por eso, al siguiente día, después de trabajar un poco con sus cheros, hizo la visita.

Cuando iba cerca de la casa, un traqueteo y unos silbidos de balas zumbando por los tejados provocaron que todo el mundo se encogiera. Todo el mundo se puso de cuclillas y *tirando lentes* para todos lados. Las puertas y ventanas comenzaron a rechinar al cerrarse. Lo único que le cruzó por la cabeza al cipote fue: buscar dónde refugiarse. La gente corría pegada a las paredes por los andenes tratando de protegerse de alguna bala perdida. Al no encontrar refugió no le quedó otra que *salir en guinda* en dirección de la tienda de Sofía.

Mientras corría, el chico maldecía aquel sentimiento de inseguridad e impotencia que le ocasionaba aquella guerra que nadie había declarado pero que era tan real como el aire que respiraba. Los gritos de los niños y mujeres llamando a sus seres queridos, le arrancaban un sentimiento de rabia en su corazón.

Con esa cólera corría sin mirar hacia atrás. Ayudaba a cuanto personaje encontraba mal parado y continuaba corriendo porque sabía que, quedarse parado, era firmar su muerte. Lo más seguro era: alejarse de las balas lo antes posible.

«La vida cuelga de un hilo y, en una guerra, otro decide en qué momento cortarlo»

SIN TIEMPO PARA PENSAR

SOFIA ENTRE AGUAS TURBULENTAS.

El Roro llegó, agitado y nervioso, a la puerta de la tienda. Ésta estaba cerrada y con las luces apagadas. Tocó varias veces y nadie le respondió. Era extraño porque por la mañana había avisado a la mujer que llegaría, más o menos, a esa hora. Aunque, por teléfono, la mujer le había parecido, algo, rara. La voz y su manera de ser, mostraban otra persona. Él había intuido que algo le pasaba.

Cómo la situación apremiaba, supuso que la chica se había ido para la parte trasera de la tienda. Ahí estaban las habitaciones. Era normal, porque el relajo que había, en la calle, solamente presagiaba malas noticias. Después de insistir por varios minutos y, no teniendo a donde ir, decidió jugársela. Buscaría treparse por el techo para entrar; esperando, no asustar a las mujeres.

Cuando estaba tratando de subir por el muro, una voz femenina lo detuvo:

— ¡Qué hace, hombre!

Era, Sofía. La mujer había salido a ver quién era el que tocaba. Tarde había reaccionado a los golpes en la puerta.

— ¡Entre! Mire que afuera está que arde la cosa.

— ¡Dígamelo a mí! Casi me queman el pelo las balas.

— Esta situación, cada día, se pone más yuca.

— ¡Y por lo visto, va para largo!

— ¿Usted cree?

— Por los vientos que soplan. Nada bueno ofrece el horizonte.

La pareja entró a la casa y pusieron doble candado a la puerta. Por aquello de que se quisieran aprovechar en el río revuelto. Lo condujo a la cocina de manera automática. De entrada comprobó sus sospechas, algo andaba mal en la casa. Ni la tía ni el hijo, habían mostrado su cara.

— ¿Le tienta una tisana? — Le ofreció la mujer acercándose a la cocina de gas propano.

— ¡Gracias! La aceptó. Aunque me tienta más, saber ¿qué es lo que está pasando? —Puso una expresión de seriedad.

— ¡Hay tantas cosas que contar! Mi vida ha sido bombardeada con muchas pruebas: mi tía tuvo un infarto; mi hijo, enviado al reformatorio de menores y tuve que dejar de un lado nuestro negocio.

— ¡Okey! Entonces, *desembuche* por dónde quiera. —Lo dijo con aire curioso.

La chica preparó las dos bebidas y, luego, lo puso al día. Le contó que la tía estaba en cuidados intensivos en el hospital de la ciudad, su hijo había sido atrapado robando en una tienda y que sus manos no daban abasto para todo. Un suspiro profundo sacó al terminar de contarle el cuento por completo.

La mujer parecía bastante abatida y sola, por la situación. Se veía con un mal semblante, el efecto de aquellos golpes. Su vida, como tal, estaba en el aire. Si a su tía le pasaba algo, no sabía cómo quedaría su situación en la casa. Su hijo no le aceptaba la visita y la madre, se reprochaba el hecho de no haberlo ayudado a tiempo. Por esa razón, el Roro sintiendo compasión por la mujer, se dispuso a tratar de levantarle la moral.

— ¡No se preocupe que no está sola! Lo importante aquí es que mantenga la calma. Si me da permiso, iré a ver si su hijo me quiere recibir. Alguna razón tendrá para no querer verla. También, me gustaría ir a visitar a su tía. Usted sabe que tengo mucho aprecio a su tía.

— ¡De verdad! Yo sabía que podía confiar en usted. ¡Lo he necesitado tanto!

La mujer se soltó en llanto a mares. El muchacho se acercó para ofrecerle su hombro. Ambos se entregaron en un abrazo muy sentido. Ahí pasaron varios minutos sin decir nada. Solamente, se escuchaban, los respiros y lamentos de la mujer.

De repente, las balas comenzaron a sonar cerca. Inclusive, las voces de algunos tipos, en los techos de algunas casas, los pusieron nerviosos. Ambos pararon las orejas y dejaron que el suspenso del momento los invadiera. Una *balacera* se produjo frente a la casa y algunos impactos provocaron vibraciones sonoras en todo el inmueble. De inmediato, se lanzaron al suelo para evitar ser tocados.

Aquel enfrentamiento no duró mucho tiempo, pero el miedo siguió de pie en ambos. La mujer, le dijo, entonces:

— ¡Mejor vámonos para mi cuarto! ¡Ahí estaremos más protegidos!

Sin esperar respuesta, agarró camino, gateando como bebé y, detrás de ella, le siguió el muchacho. Cerraron la puerta detrás de ellos y saltaron a la cama. Al verse juntos, uno al lado del otro. Se miraron y pareció que sus ojos dijeron todo. Cómo conocían el camino, ni siquiera hubo, tantos, permisos para acariciarse. El tipo, solamente, le insinuó buscándole los labios y la mujer se entregó por completo a aquel avance.

Al día siguiente amanecieron enrollados y acaramelados. El joven se fue para clases y la mujer se quedó atendiendo a la clientela del negocio. Durante la noche, el Roro le dio el dinero que había planificado para invertir con ella y le aconsejó que buscara ayuda contratando a alguien. Esa y otras ideas no cayeron en saco roto porque la mujer con mejores brillos se puso poner en práctica las sugerencias.

Ese mismo día, el chico se fue a visitar al hijo y, para su sorpresa, lo recibió. De primera mano, supo la verdadera razón para no ver a su madre. El cipote estaba protegiéndola porque estaba amenazado; si los quemaba; ella pagaría, *los platos rotos*. Cuando le contó lo de la tía, el bicho se puso a llorar porque supuso que había sido por su culpa, cosa que no estaba alejada de la realidad.

El muchacho trató de darle ánimos y le aconsejó que se portara bien para que pudiera salir del lugar. Por chismes, sabía que en esa institución era la selva; ahí cada quién se tenía que valer por sí mismo para salir vivo.

La visita había estado muy fructífera y misteriosa. El chico parecía muy tranquilo y, hasta, bastante maduro. Comprendió a su madre y su deseo de visitarlo. El bicho le pidió un favor y aquel pedido lo dejó con interrogantes. El hijo estaba, preocupado, por su madre y quería hacerle llegar un dinero. De dónde lo sacaría, no lo sabía. Cuando le habló de plata, pensó que le pediría prestado. El Roro aceptó ser el puente entre madre e hijo creyendo que solamente serían los buenos deseos del cipote. La sorpresa la recibió días después, cuando un joven le entregó una bolsa de papel marrón con un manojo de billetes verdes, diciéndole: «esto es de parte del Juancho, así se llamaba el hijo». El enviado lo tomó de sorpresa y desapareció sin que éste pudiera pronunciar palabra alguna.

Al siguiente día fue a visitar a la tía. Al verlo llegar, se le corrieron las lágrimas en su rostro. Lo primero que le preguntó fue por su sobrino y, para no hacerla sufrir, le contó una mentira piadosa. Después, le pidió que la pusiera al día con Sofía y la tienda. Le rogó que no la dejara sola y que le buscara un notario para hacer su testamento. La mujer, no era tonta; sabía que, tarde o temprano, otro paro se la podía llevar con *tata Dios*. Antes de salir del hospital, prometió visitarla todos los días.

Esa semana se la pasó corriendo de un lugar a otro; siempre terminaba fundido al caer la noche. Eso sí, las caricias de Sofía nunca caían mal; casi parecía una especie de *luna de miel anticipada.* Se dieron gusto como nadie y, juntos, pusieron pies y cabeza al negocio. En una de las conversaciones, la mujer puso a su disposición la casa de sus familiares en la ciudad fronteriza de «Citalá» que según la lengua indígena quería decir: «donde abundan las estrellas». En caso que le dieran a escoger un lugar para hacer sus prácticas de maestro.

Dónde Ruth, casi siempre iba de pasada, solamente para cambiarse de ropa. Claro que cuando les contó lo que le pasaba, comprendieron su ausencia. Aunque, los celos siempre florecían en cada conversación. La sorpresa fue que un pretendiente le había salido a la tía y lo supo por Esther; un poco avergonzada, la mujer lo aceptó; aunque dijo que solamente le había dado permiso de cortejarla, sin manosear la mercancía.

Esther, por su lado, andaba volando alto con su novio. La madre, cada vez, le daba permiso para salir, siempre y cuando, le dijera a dónde iría. Por ella supo de la salida a ver un *mascón* del clásico entre el FAS y el Águila. La bicha estaba entusiasmada como una niña. Siempre había querido ir al «Oscar Quiteño» para ver al famoso « Mago

Gonzales» en acción. El chico tenía entradas privilegiadas y parecía que pertenecía a una de las barras más fuertes de la ciudad.

Mientras tanto, en los estudios, la cosa parecía ponerse complicada. De entrada, les habían anunciado que los rumores sobre la posibilidad de cerrar definitivamente todos los centros de estudios para preparar a los futuros maestros, era casi un hecho. El ministerio había anunciado ciertas reformas y parecía que la cosa iba por ese lado.

Entre la *mara* de estudios, el descontento y la desmotivación eran palpables. Muchas estaban pensando en cambiar de carrera o buscar nuevos horizontes. La Gata les salió con la sorpresa que posiblemente no terminaría sus estudios; sus padres, viendo la situación, estaban pensando en enviarla a estudiar a México, ahí tenían algunos familiares dispuestos a recibirla.

Los hombres, por su parte, todavía no habían querido preocuparse por algo que, quizá, nunca ocurriría. Por su parte, Claudia, andaba de capa caída después de haber regresado de ver a sus padres. Parecía que no le había ido muy bien. Por esa razón, el Roro decidió, auto-invitarse, a tomar un café a su casa.

Esa tarde, lejos de la mirada y presencia de sus *cheros* de estudios, tuvieron la oportunidad de hablar, largo y tendido sobre el asunto. La chica que, había retomado con mayor fuerza su rechazo familiar, vestía completamente de negro. Hasta, se había pintado los labios de ese color. Su rebeldía contra ella misma, su familia, la sociedad y contra todo el mundo, estaba, a su máximo esplendor. Su *negativismo* se notaba hasta en lo que comía, le había agarrado cariño a *las chucherías*.

Casi llorando le contó que su familia *no estaba en nada*, su madre se la pasaba con sus amigas de sociedad en el mentado, casino de la ciudad; su padre que le gustaba el protagonismo, era miembro o socio de cuanta organización existía. Se la pasaba viajando todo el tiempo y para colmo, engañaba a su madre hasta con la cocinera de la casa. Su hermano mayor estaba metido en las drogas y el alcoholismo; su hermano menor, ni se enteraba de nada, su nana era quien se ocupaba todo el tiempo de él.

Su madre, cuando la vio en la casa, le dijo: « ¡Vaya, al fin te acordaste de los pobres! » La Saludó y con la misma desapareció porque iba a nadar con sus amigas. Sarcásticamente, le dijo al Roro: « ¡En verdad, mi familia es muy pobre espiritualmente!».

Esa tarde, el Roro supo que la muchacha había tomado una decisión radical en su vida. Aunque no se la había dicho, su situación, su manera de expresarse y su actitud decían muchas cosas sobre ella. La bicha era de las personas que nunca se quitarían la vida; por eso, dedujo que, tarde o temprano, se uniría a los rebeldes buscando sentido a su vida. Como *chero*, lo único que podía hacer era acompañarla. Lastimosamente, ese día, no se podía quedar porque le había prometido a Sofía visitarla.

Antes de visitar a la amiga, había ido a visitar a la tía al hospital. Necesitaba hablarle del abogado que le había conseguido para el asunto del testamento. La cita estaba establecida para el día siguiente. Como necesitaría un testigo, él se ofreció para eso. La señora se veía bien, de semblante bueno y con ganas de volver a su tienda. La visita del chico con novedades era como el maná caído del cielo, le alimentaba el espíritu enormemente.

Cuando llegó a la tienda, todavía estaba abierta y se encontró con la sorpresa que había una jovencita ayudándole. Eso, le daba más tiempo para pensar y hacer otras diligencias. El negocio de comida no lo había desechado; inclusive, había conseguido más clientes. El dinero del chico cayó como ungüento para la herida. Todo estaba saliendo muy bien.

La mujer estaba sirviendo los últimos clientes y a las siete de la noche estaban cerrando. La situación no estaba para tener abierto de noche. De repente, cerca del lugar, se comenzó a escuchar una ráfaga de disparos y seguidamente unas bombas. La bulla de la gente corriendo por las calles tratando de esconderse de los disparos era bastante dramático. Los días pasaban y parecía que todo seguía igual o peor.

Por su parte, el Roro y Sofía se fueron para la parte de atrás para evitar cualquier bala perdida o algo por el estilo. Verificaron que todo estuviera seguro; luego, regresaron al cuarto. *Como la cosa estaba seria*, colocaron algunos muebles contra puertas y ventanas. La luz eléctrica se unió a la fiesta y se dio unas vacaciones.

Una vela de cera fue la estrella que iluminó cálidamente el lugar.

— ¡Creo que no podrá marcharse! — Le soltó la mujer al joven en son de broma.

— ¡Parece que va para largo *el volado*! ¿No le molesta darme posada por esta noche? — *Le siguió la corriente.*

— ¡Claro que no! Pero creo que tendrá que pagar algo por la noche.

— ¿Cómo quiere que le pague? En especie, al contado o me da crédito.

— El crédito lo dejamos de lado, prefiero que sea al contado y en especie. —Le subió las cejas en forma pícara.

— ¡Bueno! Acepto, usted decide ¿cuándo comienzo a pagar?

— ¡Pues… de inmediato, diría!

La mujer se acercó coquetamente, le movió los senos y se puso a acariciarle el pecho. Le desabotonó la camisa mientras el chico hacía su parte metiendo manos debajo del vestido. A los segundos, la tenía completamente desnuda, dio un paso hacia atrás y se puso a admirarla.

— ¡Está bellísima! — Le dijo poniendo ojos de enamorado.

— ¿De verdad, le gusto? No me siento muy bonita.

— ¡No diga eso! ¡Está hermosa!

El tipo se acercó y se puso a besarle suavemente cada espacio de su cuerpo. La mujer se mantenía de pie, mientras su amante la hacía temblar de pies a cabeza. Aquella entrega fue total, se amaron toda la noche mientras al exterior, la fiesta de las balas seguía tocando su canción preferida.

A eso de las cinco de la tarde, del siguiente día, estaba saliendo del lugar el joven para marcharse a casa de Ruth y Esther. Al llegar, las dos mujeres lo estaban esperando. Su presencia, cada día se hacía importante. Lo veían como parte de la familia. Se podría decir que, en ese tiempo, el joven se había ganado el aprecio de las mujeres del hogar.

ESTHER Y SUS MIEDOS

Al regresar a casa Ruth, el Roro se encuentra con la novedad que tenían visita, unos policías. Los agentes habían llegado a informar que habían encontrado el cuerpo del vendedor de seguros a la orilla de una carretera. Aquella noticia tomó por sorpresa a las mujeres y los otros inquilinos. Parecía que aquel tipo era apreciado en la casa.

Cuando los policías se fueron, se quedaron comentando y haciendo conjeturas del hecho. Según, los pormenores que habían dado, al hombre lo asaltaron y, no bastando con robarle el dinero, lo mataron salvajemente. Tres eran los sospechosos: delincuentes comunes, guerrilleros o la fuerza armada. En tiempos de guerra, los malhechores fácilmente podían hacer sus fechorías haciéndose pasar por alguien más.

Al rato, como a la hora, aquel hecho había pasado a la historia. Alrededor de la mesa, comenzaron a ponerse al día. Ambas mujeres andaban coqueteando con sus enamorados; aunque Ruth no lo quería aceptar, la presencia de aquel jubilado la había hecho cambiar de semblante. Había desempolvado algunos vestidos y, de pasada, algunos maquillajes. Por su parte, la hija estaba contenta porque parecía que su novio aportaba nuevas ideas, ilusiones y, hasta, sueños. Uno de ellos era la idea de ir, por primera vez, al estadio «Oscar Quiteño» donde jugaba el «Mago Gonzales», el ídolo de la chica.

El domingo próximo sería el partido del clásico nacional, se enfrentarían el FAS contra el Águila. La chica *saltaba en una sola pata* y *no cabía en ella misma*. La familia del novio era socio del club y tenía algunos privilegios, sin contar que eran parte de la barra de aficionados más fieles del equipo tigrillo. Los asociados, como los llamaban igualmente, se enfrentarían al equipo del Oriente, también llamados despectivamente «los garrobos». Era un juego de alta tensión porque *sus barras* respectivas eran muy pleitistas.

Durante la cena, las mujeres trataron de sacarle plática sobre la relación que mantenía con Sofía, pero el muchacho las esquivó cómo pudo. Les cambiaba la plática, les hacía bromas y, hasta se levantaba para buscar cualquier cosa. A eso de las siete, cuando estaban terminando de comer, una llovizna comenzó a caer sobre los techos colorados de las casas. Levantaron los trastes y, los tres se fueron a la cocina para lavar los platos.

Siempre en la misma sintonía, continuaron hablando hasta que terminaron de hacer el trabajo. El chico les pidió permiso para retirarse porque deseaba darse un baño. Las mujeres siguieron platicando y, al final, una se fue para la sala a ver televisión y, la otra, al cuarto a estudiar.

Ruth, cuando su hija estaba en casa, trataba de no buscar al joven para evitar que su hija se diera cuenta de la relación que mantenía con el muchacho. Esther, por su parte, aprovechaba la presencia del chico para preguntarle cosas personales y, en cierta manera, gozar de algunas experiencias prohibidas.

Esa noche, mientras la lluvia seguía tocando melodías como timbales, la madre se fue a dormir temprano. La hija, espero que la madre comenzara a roncar para buscar a su primo. Cuando el joven estaba en su primer sueño, la *cipota*, vestida con una *calzoneta* ancha y blusa de dormir de seda, llegó a despertarlo. De una, se sentó al costado. La bicha *era bien aventada* y *no andaba con muchos cuentos* a la hora de buscar lo que tenía *entre ceja y ceja.*

Tocándole el pecho con la mano, le dijo:

— ¡Hola! Pequeño durmiente.

— ¡Hola guapa! — Le respondió el cipote poniéndole la mano sobre la pierna.

El muchacho la había sentido llegar, él tenía el sueño liviano.

— ¿Te desperté? ¿Quería platicar un rato contigo?

— ¿Platicar? — Le respondió metiéndole suavemente los dedos debajo de la *calzoneta.*

— ¡Platicar! Y quizás, algo más. — Sacó la mano y la colocó en su vientre, sosteniéndola suavemente.

— Sobre ¿qué deseas platicar?

— Quería preguntarte algo. —Dejó un silencio. Mi novio me pidió que me acostara con él y le dije que no, para que no pensara que era chica fácil. Las novias que, ha tenido, no se le han negado. ¿Qué piensas? ¿Hice bien?

— No sé. Respóndeme honestamente, ¿quieres algo sólido o es una relación pasajera?

— Me gusta mucho, pero si te soy sincera: no lo sé. No lo veo muy serio y no sabe qué hacer en la vida. Sus padres tienen dinero e imagino que piensa vivir de eso.

— Entonces, si el dinero se termina se *queda silbando en la loma.*

— ¡Parece que sí! Ellos tienen mucho dinero y no creo que pueda llegar a pasar eso.

— ¡Los nunca, llegan! Entonces, si no es tan serio ¿por qué haces tantas preguntas para meterte con él? Por lo que veo, quizás, tienes otras dudas.

— No. Bueno sí. Él tiene mucha experiencia y yo soy prácticamente nula.

— Que yo sepa, no del todo. Te defiendes muy bien. —Le sonrió y subió la mano para acariciarle uno de los senos.

— ¿Tienes miedo de que no le guste hacer el sexo contigo?

— ¡Algo de eso!

— ¿Quieres que practiquemos? ¡Ahora tengo protecciones!

— Me gustaría.

— Entonces, te propongo algo. Toma la iniciativa y sedúceme. Así practicas lo que desearías hacer.

— ¿De verdad?

— Soy todo tuyo.

No le dijeron a un sordo y la *cipota* le dio rienda suelta a su imaginación. A eso de la medianoche, la mujer estaba saliendo del cuarto del bicho muy feliz de su proeza. Se sentía realizada y con su estima volando por los cielos.

Después de ese día, no se volvieron a ver a solas. Por una parte, el Roro se la pasó con Sofía haciéndole compañía o estudiando con Claudia. El domingo, Esther se levantó muy entusiasta que, hasta, daba envidia. Se veía, en sus ojos, la alegría de poder cumplir uno de sus sueños. A la una de la tarde, llegó *el gorrión* por ella y juntos salieron rumbo al estadio.

El Roro aprovechó la tarde para ir a terminar un trabajo con Claudia. A eso de las cinco, estaba de regreso en la casa de Ruth. No se quedó, con la amiga, porque llegaron unos familiares. Cuando el chico asomó la cara en la tienda, Ruth y su enamorado, estaban platicando. Los saludó y, con la misma, se fue para su habitación. Nunca una tercera persona es bienvenida en medio de una pareja de *tortolitos*, si se les podía llamar de ese modo. Ruth estaba todavía muy huraña con el señor. Ella se decía que estaba bien sola y como, el tipo le llevaba varios años; la mujer no deseaba ser bastón ni niñera de nadie.

El Roro aprovechó para lavar algunos trapos. En eso estaba, cuando llegó Ruth al lugar. Al verlo, retorciendo un pantalón de lona, le dijo:

— ¡No sabe cómo, me gusta, verlo hacer eso! ¡Sabe que no es muy común ver a un hombre hacer tareas del hogar en este país machista!

— ¡Lo sé! ¡La necesidad manda! Mi padre me decía: el hombre no pierde la hombría al meter las manos en la cocina.

— Para muchos, el orgullo es más fuerte que la necesidad.

— ¡Puede ser! Dígame, a todas éstas ¿por qué se fue rápido su acompañante?

La mujer no le respondió de inmediato y esbozó una sonrisa irónica. Luego, dijo:

— *Lo mande a freír monos a otro lado*. No me gustó su actitud y se lo hice saber; me salió rezongón y lo terminé echándolo.

— Me suena fuerte el *atracón*.

— No somos nada, sólo amigos y ya quiere mandar en mi vida. ¡Qué no *friegue*!

— Pero, ¿no fue por mi culpa? — El chico, no era tonto; por el contrario, bastante perspicaz.

— ¡No! — Su sonrisa la delató. ¡Bueno, más o menos!

— ¡Desembuche! — La motivó a hablar.

— Me preguntó que ¿cuándo se iría de la casa? La pregunta tenía tintes de celos baratos y le respondí que: eso lo decidía yo o usted. Luego, me sacó a relucir que un hombre con dos mujeres podría dar a malos pensamientos de parte de la gente. Me dio cólera, me *sacó la piedra* y le contesté que la gente puede *decir misa afuera*, ella no me daba de comer ni me quitaba el sueño. Que en la vida de mi hija y mía, solamente nosotras decidíamos sobre ella.

— ¿Y qué le respondió?

— Ahí fue que me dijo que usted era un hombre y podría abusar de nosotras. Que prefería que lo sacara.

— ¡Guau! ¡Creo que no le caigo bien!

— ¡Eso no debe importarle! Le dije que usted era un hombre de bien; que nunca abusaría de nosotras y sí, pasaba algo, sería por mutuo consentimiento.

— Imagino que por eso se enojó más.

— Así es. Me insultó diciendo que quizás por eso lo tenía aquí; para que por las noches *me calentara la cama*. Que yo era una puta.

— ¡Desgraciado! Y no le echó agua caliente con jabón para que se bañara y se enjuagara la boca.

— ¡Ganas me sobraron!

— No se moleste, pero en el fondo algo tiene de razón. — Se quedó, callado, unos segundos y prosiguió. En verdad, ¿mi presencia no le molesta? No quiero importunar ni imponer mi presencia.

— ¿Cómo puede pensar eso? Su presencia ha sido como *una curita* en nuestras vidas. A mí, en lo personal, me ha hecho valorarme más, sentirme mujer y su presencia me da seguridad. No puedo hablar por mi hija, pero al verlos, como se tratan, no puedo negar que se llevan bien. Si llegara a pasar algo entre ustedes, prefiero no saberlo. Sólo espero que se cuiden. Conozco a mi hija y sé que es muy curiosa, aventada y, hasta, atrevida.

— ¡Parece que, la conoce, bastante bien!

— Más de lo que ella misma se puede imaginar. Sé que he cometido muchos errores con ella, como: consentirla demasiado, apoyarla en cada locura, no dejarla hacer nada en la casa y, quizás, protegerla al extremo. Es lo único que tengo y no deseo que le pase nada malo.

— Entiendo. No se preocupe por Esther. Por lo poco que la conozco, se podrá defender muy bien en la vida. Quizás, debería preocuparse más por usted. Ya pensó que el día de mañana su hija tiene que dejar el hogar.

— ¡Lo he pensado! Trato de alejar esa idea y, aunque, no es fácil; me preparo mentalmente.

— ¡Lo siento por su enamorado!

— No es mi enamorado. Es más un amigo que, otra cosa. Pero como le dije: si va a estar con ésas, lo prefiero lejitos. Yo he vivido más de dieciocho años sola, sin que nadie me mande para que, de un día para otro, quieran controlar mi vida. ¡No, gracias! Así, estoy bien y hago lo que yo deseo. Si quiere bueno, sino que *se vaya al carajo*. Como dicen: *feo y trompudo*.

— Esa parte, me gusta, de usted. Se sabe dar a respetar. En este país, lastimosamente, las mujeres sumisas son demasiado. Los hombres, me da pena aceptarlo, las maltratamos, abusamos y, hasta, las matamos. Según he oído, en esta guerra, más del cuarenta por ciento de las víctimas son mujeres; otro tanto son los cipotes y ancianos; y para coronar el asunto, los homosexuales los matan como, perros en la calle. Honestamente, no comprendo porque tanto *femicidio*; para mí, la mujer es un ser maravilloso. Creo que un país gobernado por una mujer sería más sensible a las causas humanas y sociales. Hoy, en día, nuestros gobernantes bailan bajo el ritmo de la canción: el billete que te pongo bajo la mesa. Y, sólo ven, a través de anteojos de la economía, como si un país fuera compuesto solamente por cosas.

— Oyéndolo hablar así, me dan ganas hasta de abrazarlo. Se ve que es un hombre muy sensible y humano, me gusta.

— ¿Es una declaración? —Le bromeó.

— Algo así. Me gusta escucharlo hablar. Me hará mucha falta cuando se vaya a hacer sus prácticas, ¿es en julio verdad?

— Así es, el tiempo pasa rápido. He estado por estas tierras casi tres meses. Ustedes, igualmente me harán mucha falta. Las he aprendido a amar como familia. Me ha encantado conocerla. Usted es una mujer hermosa. Admiro mucho: la valentía, dedicación y, claro, su belleza.

— En verdad ¿le gusto cómo mujer? No soy muy bonita.

— Mucho. Y entre nosotros, me encanta cuando hemos hecho el amor.

— A mí también. ¡Perdone por ser muy huraña cuando mi hija está cerca!

— No se preocupe que la comprendo. Usted lo compensa al estar sola; me seduce con su atención y cariño.

— Sabe que lo he aprendido a amar. Me gusta cómo hombre.

— Estamos empatados porque me gusta, como mujer. ¡Ahora estamos solos! Toda esta conversación me ha abierto el apetito y me muero por un beso.

— Yo también estoy así. ¿Quiere que, vayamos, un rato a alguna parte? Mi cuarto, por ejemplo…

— Pensé que nunca me lo iba a ofrecer.

— Pero tenemos que estar atentos a la llegada de mi hija, ¿a qué hora terminará el partido?

— Si es a las tres y media, dos horas más; y si se van a comer algo, a eso de las siete.

— ¡Tan tarde!

— Lo suficiente para pasarla bien, ¿no lo cree? —Se le acercó y comenzó a seducirla tomándola por la cintura para atraerla hacia él.

— ¡Viéndolo de ese modo, creo que tiene razón! Debemos aprovechar el tiempo. — Le respondió las caricias.

Cuando estaban semi desnudos, la mujer lo tomó de la mano y se lo llevó al cuarto; cerró la puerta con doble llave y se pusieron a jugar como dos chiquillos. A esas alturas de su relación, Ruth había perdido la vergüenza y, en ese episodio amoroso, fue ella quien tomó el mando.

Al filo de las seis y media, la mujer se puso un poco inquieta en la cama. En ese momento, simplemente estaban *empiernados*. La incomodidad fue tal que tuvo que ponerse de pie.

— ¡Qué raro! Mi hija no llega y es tarde. ¡Mañana tiene exámenes!

— Tranquila que a lo mejor se fueron para otro lado. ¡Ya vendrán!

— ¿Usted cree? No sé, hay algo que no me gusta. ¡Iré a ver la tele!

La señora lo dejó vistiéndose y se dirigió a la sala. Encendió el aparato y de inmediato las noticias salieron al aire. Sorprendida, lo llamó. El tipo salió corriendo al escuchar el llamado con voz de angustia. Según, el *chismoso electrónico*, una trifulca entre aficionados, a la salida del estadio, había dejado como saldo un muerto. La mujer se puso muy nerviosa y comenzó a echarse la culpa por haberle dado permiso a la hija.

Para ponerle puntos suspensivos al asunto, el timbre del teléfono se puso a sonar. Ruth salió corriendo a contestar la llamada. De inmediato, el chico supo que algo no andaba bien. La dama lo miraba angustiada y tomaba notas en el aire repitiendo lo que escuchaba. El Roro, más tranquilo, agarró papel y lápiz para anotar lo que la mujer le decía.

La llamada provenía del hospital general para avisarle que la hija estaba en el lugar porque había experimentado una especie choque nervioso. La joven había, salido, ilesa pero necesitaban que alguien *llegara a recogerla.*

Ambos salieron volando hacia el hospital y cuando llegaron, la *cipota* corrió a colgarse del cuello de la madre. La policía había llegado para tomarle declaraciones porque había sido testigo presente de aquel incidente. De manera general, la joven les dio su versión echándole la culpa a los de las barras. Los agentes la dejaron marcharse con la condición de no salir de la ciudad para una eventual declaración.

Mientras iban de regreso, la bicha no dejó de llorar y temblaba de miedo. Como la madre era la que conducía el carro, el Roro se convirtió en el consolador. Cuando llegaron al hogar, la mujer había recuperado un poco de calma. La madre se fue directo a la cocina y le preparó una tisana de valeriana con manzanilla.

Cuando las aguas se habían, calmada. Esther les soltó la verdad. El hecho había sido que al salir del estadio, estaban muy felices, sobre todo ella. Uno de los seguidores del equipo contrario que había perdido, no mucho le gustó aquella alegría y se acercó, a ella, para tocarle las partes íntimas. Al sentir el contacto, la mujer le soltó una *cachetada* y ahí comenzó el zafarrancho. Su novio se metió y, con él, otros aficionados del equipo local; los adversarios, igualmente, se unieron al *relajo*. Su novio entró a manos con el tipo abusivo y cayeron al suelo; en medio de piernas y patadas, se escuchó un disparo. Ella, solamente, vio a su novio con el arma en la mano y ensangrentado. Ella pensó que había sido su pareja la herida y, ahí, le agarró el patatús. El asesino se corrió de la escena del crimen y con él, medio mundo. La mujer se quedó paralizada en el lugar y ahí llegaron a socorrerla.

Del novio no supieron gran cosa, sino que la familia lo había sacado del país lo más rápidamente posible antes de que lo identificaran. Ese hecho pasó, rápidamente, a los anales del olvido; como muchos otros. No dieron con el asesino y todos se dieron por no aludidos. Esther, por su parte, se limitó a contar una parte de la historia para proteger a su enamorado; eso por propia convicción y porque también, la familia del joven, se lo pidió.

Esa semana la pasaron muy inquietas y con mucho miedo. Ellas tenían pánico que alguien la identificara y, la familia del difunto, la fuera a buscar. Para colmo de males, una bomba cerca del hospital asustó a la tía enferma y provocó que tuviera un ataque al corazón. El apagón de energía eléctrica no ayudó y la señora se convirtió en otra víctima de la guerra.

Rodrigo se la pasó entre la casa de Sofía y Ruth. En ambos lugares, su presencia era muy necesaria. Para redondear el cuento, a Sofía le avisaron que a su hijo lo habían llevado de urgencias al hospital porque en una riña había salido mal parado. Luego, se darían cuenta de que había sido el chico quién había empezado todo la bronca. Al darse cuenta de la muerte de su tía, el chico se descontroló y quiso arreglar cuentas con el que no la debía. El Juanjo se sentía culpable de no haber ido a verla, en el fondo el bicho la quería mucho.

La vida, de aquellos dos hogares, había cambiado drásticamente y una sombra negra cubría el techo de las mujeres. El Roro se limitó a acompañarlas y esperar que el tiempo hiciera su parte. Afuera, en las calles, el ruido de una guerra que no daba muestras de querer parar seguía a tambor batiente.

«*Bajo la tormenta, la esperanza del buen tiempo consuela al damnificado*»

LLOVIENDO SOBRE MOJADO

UNA NOTICIA ANUNCIADA

Como dicen: «cuando el río suena, es porque piedras trae». La noticia que circulada, desde hacía ratos, se hizo realidad. Las escuelas Normales que habían visto la luz del sol en los años cincuenta y ocho; luego, sufrido una reforma en los sesenta y ocho, daban paso a otra reestructura educativa. Se había dado la pauta para la creación de la llamada «Ciudad Normal Alberto Masferrer.» Los deseos por descentralizar algunos servicios educativos llevaron a un supuesto ordenamiento territorial.

La guerra seguía mordiendo duro en la economía *guanaca*, en ese año el gasto dedicado a la educación había sido de alrededor del cuatro por ciento. La política de ahorro, por parte del gobierno, estaba dirigida a aumentar la parte de defensa nacional que su cartera había subido al cuarenta por ciento del presupuesto total del país.

Era curioso constatar que muchas escuelas habían sido abandonadas y destruidas. Más de mil escuelas habían cerrado afectando a profesores y alumnos. Solamente, el cinco por cierto de la población infantil visitaba estos centros. La deserción era considerable, sin embargo había muchos estudiantes que deseaban ser maestros. Aunque otros, al escuchar la noticia, se apresuraron a abandonar los estudios.

Uno de los estudiantes que abandonó fue la Gata, la noticia cayó como *balde de agua fría* en la *mara* del Roro. El grupo de estudios se vio afectado. Aunque, la joven quiso darle un toque positivo a la situación, diciéndoles que la razón principal había sido la proposición de ir a estudiar al extranjero. Sus padres habían tomado la decisión de enviarla a estudiar en México, aunque allá estudiaría administración de empresas.

El Fumarola, quien era el más alocado, propuso hacerle una pequeña despedida. Las vacaciones de Semana Santa estaban en la puerta de entrada. Todos vieron con buenos ojos aquella propuesta y armaron el viaje. El destino que escogieron fue: el Parque Nacional Montecristo, conocido como «El Trifinio», porque en ese lugar se convergían los tres países hermanos: Guatemala, Honduras y El Salvador.

Desde la ciudad morena de Santa Ana, no se encontraba muy lejos, a menos de una hora. Aquel bosque nebuloso presentaba atractivos especiales, como: árboles de más de treinta metros de altura, animales y plantas exóticas; sin despreciar, el clima que sus temperaturas oscilaban entre los seis y dieciocho grados centígrados.

Desde que propusieron el lugar, cada uno de los cipotes expresó su deseo de ver algunos ejemplares: orquídeas, venados de cola blanca, armadillos, puercoespín, quetzales y hasta musarañas negras. Cerca de ahí, en la ciudad de Metapán, el Chascarrillo tenía unos familiares; así que propuso preguntar si podían llegar. A los días, les confirmó que la casa estaba disponible e inclusive alguien de la familia se ofreció para ser guía turístico.

La semana siguiente, muy de mañana, el grupo se dirigió a la ciudad cementera. Ahí se encontraba la fábrica de cementos de El Salvador (CESSA). La familia del Chasca los estaba esperando con los brazos abiertos; después de los saludos respectivos, con la misma, se fueron en dirección del parque.

Aunque andaban en son de distracción, la despedida flotaba en las cabezas y corazones de los chicos. Aquella salida se convirtió en algo melancólico y, hasta, con toque de dramatismo. A pesar de tener poco tiempo de conocerse, la relación había crecido bastante.

Ese día, regresaron fundidos de la caminata porque habían subido hasta la cima. Según les comentó el que los guiaba, había árboles de más de setecientos años, entre ellos: varios conacastes, copinoles y chapernos. En dicha caminata vieron todos los animales que desean ver, inclusive se les cruzó un tigrillo, varios tucanes y una cotuza. Pero lo que más les fascinó, a las mujeres, fue el descubrimiento de una figura única; un árbol que tenía una forma caprichosa simulando a una pareja abrazándose. Las bichas, lo llamaron: «el árbol del amor» y, hasta, escribieron sus nombres en las raíces. Desde el casco blanco, una especie de muro cuadrado que terminaba en punta, se podía observar la punta de todas las montañas que conformaban aquel parque.

Al día siguiente, aquel grupo de amigos regresó después del mediodía. Se fueron a dejarla hasta la puerta de su casa, en la ciudad de las pirámides del «Tazumal». La despedida fue corta y, casi, a la carrera. Parecía que no deseaban decirse «adiós», sino «hasta luego».

Esa semana fue de trámite y el grupo decidió, no invitar a nadie más. En la institución educativa les dijeron que las clases seguirían de manera normal aunque en agosto comenzarían las prácticas. El ministerio de educación se encargaría de establecer los lugares para hacer su aprendizaje en el campo; todos sabían que muchas escuelas estaban abandonadas. Por eso, el miedo de muchos era que los enviaran a una zona conflictiva. Aunque, les pidieron que dieran tres opciones, era el organismo gubernamental quien tomaría la decisión, según las necesidades. Teóricamente, se escuchaba correcto pero se sabía que la corrupción mandaba dentro del gobierno.

Los días pasaban y parecían una copia fiel del anterior; eso, en cuanto a la situación política social. Los muertos seguían apareciendo, las manifestaciones eran cada vez más violentas, los derechos humanos pisoteados y la economía arrastrando la cola.

Las huelgas continuas eran como el pan de cada día, más de cuarenta manifestaciones se habían desarrollado durante los dos últimos años y la cuenta seguía aumentando. La insatisfacción popular contra el gobierno del coronel Romero estaba en su punto más alto. Un desenlace precipitado corría por los pasadizos de las calles y callejones.

Como la mayoría de personas en el país, se conformaban con pasar el día, vivos. Había una impotencia ante la situación que reinaba. El inconformismo social era cada día más palpable. La pobreza caminaba por los andenes, el miedo asechaba las esquinas, el empleo escaseaba y se veía un movimiento de masa de lo rural a lo urbano. Los sitios baldíos amanecían con nuevos propietarios con techos de cartón, paredes de lámina y piso de tierra. La ribera de los ríos se poblaban de gente que había salido huyendo de sus pueblos por culpa de los bombardeos, saqueos y, según, los rumores, masacres que, nadie, se atrevía a sacar a la luz ni a confirmar. Los secuestros de *gente de billete* o importante, a nivel internacional, estaba de moda por parte de los izquierdistas para llamar la atención.

Bajo aquella zozobra, el Roro y sus compañeros de estudios, seguía reuniéndose en la casa de Claudia. Eso sí, no lo hacían muy seguido por miedo a que los llamaran «guerrilleros o células terroristas». En ese momento, el estado de sitio prohibía las reuniones en las casas.

La situación, en el hogar de Ruth, estaba bastante delicada, la bicha tenía miedo hasta de salir a la puerta de entrada. La madre no sabía ¿a qué santo rezarle? Su angustia crecía al ver a su hija en ese estado depresivo. Se dieron cuenta de que el novio se había marchado del país y eso la puso más *niñona*. Por las noches, no quería dormir sola y se hizo un hueco en la cama de la progenitora. El Roro no sabía con cuál pie bailar y caminaba como si lo hiciera sobre algo frágil. Inclusive, medía las palabras cuando hablaba con ella.

Sofía, por su parte, trataba de llevar su cruz metiéndose en cuerpo y alma en el negocio. Ella había conseguido que su hijo pudiera recuperarse en la casa, en lugar de volver al centro juvenil. La relación entre ambos parecía mejorar, el hecho que no pudiera moverse, le impedía salir corriendo del lugar. La madre aprovechaba para conversar y, en cierta manera, contarle parte de su vida. Ambos metieron agua en su vino y la relación, entre madre e hijo, dio un vuelvo completo.

En una de las visitas del Roro, el bicho le confesó que tenía miedo por su madre. Los cheros con los cuales se había metido a delinquir eran *cosa seria*. Según, le comentó, estos tipos no *andaban con cuentos* para *bajarse a alguien* y no aceptaban que un miembro se saliera. La única salida era: en un ataúd. Para presionar, ellos utilizaban la extorsión y, la familia de cada uno, era el plato preferido. El Juanjo tenía miedo de que le hicieran daño a su madre físicamente o atacándole el negocio.

Los deberes y trabajos estudiantiles se habían duplicado porque los maestros querían recuperar tiempo, por un lado, y avanzar, por el otro. Ellos preveían nuevos paros laborales y el primero de mayo, día del trabajo, los rumores hablaban de un paro general para reclamar por mejores condiciones de vida, trabajo y un alto a la represión. La iglesia católica había comenzado a manifestarse después de que un tal «Rutilo Grande» sacerdote, muy conocido y querido, había sido asesinado, supuestamente, por fuerzas militares. Según, los rumores, después de haber pronunciado una homilía, el sermón de Apopa, denunciando la expulsión de un compañero de vida religiosa que había sido considerado enemigo del gobierno por haber simpatizado con los rebeldes. De los otros dos jóvenes que lo acompañaban y que murieron a su lado, nadie decía nada.

Los chicos decidieron avanzar en sus trabajos metiéndole duro a los estudios, se reunían casi todos los días. Un viernes, en la casa de Claudia, los cuatro cheros estaban bien enchufados en los estudios. En una de sus pausas, se pusieron a hablar de sus sueños y esperanzas. Todos muy centrados en aquella conversación juvenil dejaron escapar sus pensamientos, menos el Chasca. Este agarró aquel ejercicio a la ligera y, en lugar, de ponerse serio, sacó una de sus bromas con doble sentido. En cierta manera, se le declaró a Claudia pero la cipota *no le dio bolas*.

En ese momento, el Fumarola se quedó pensativo y, sin dirigirse a alguien en especial, dijo:

—Creo que tengo que irme, presiento que algo o alguien, me llama. Espero que ninguno de mi familia la esté pasando mal. Saben, me da pánico pensar que, esta guerra, pueda quitarme a uno de mis viejos. No sé lo que haría sin ellos.

— ¡No te preocupes! Los que deben estar preocupados deben ser tus viejos porque el que anda en la calle eres tú. En estos días, se sale de la casa pero no se sabe si se regresa. —Le contestó el Roro.

— No te lo creas. La muerte anda suelta y no se tienta dos veces para ir a tocar a tu puerta. —Sacó a relucir el Fumo.

— ¡Dejen de llamarla! No ven que los pensamientos negativos se atraen. —Soltó Claus poniendo un toque atención.

— No te preocupes que cuando *la pelona* tiene que llegar, no falta a su cita. En verdad tengo que irme.

— ¡Si tú te marchas es porque quieres! Aquí estamos en lo seco, con comida y techo. — Respondió el Chasca y los otros confirmaron con su sonrisa.

— Entonces los dejo y espero verlos otro día; y si no los veo, entonces recuérdenme con esta sonrisa. —Les peló los dientes en son de broma.

— Le diré al chofer que te acompañe a la terminal. —Le dijo, Claus levantándose y acompañándolo a la salida.

Al estar solos, se pusieron a *bromear a costillas del* ausente y, luego, continuaron los deberes. Esa noche, los chicos se quedaron en la casa de Claus. Al día siguiente, se fueron para la institución educativa y se encontraron con la noticia que no había clases. Otro paro de labores. Como los chicos estaban cansados y con los deberes realizados, decidieron marcharse cada uno a su hogar.

La huelga se entendió otros días y se unió a las vacaciones de la Semana Santa. Al volver a clases, se encontraron con la noticia: al Fumo, lo habían asesinado. Fue la familia que lo había encontrado en una morgue, ellos se preocuparon mucho cuando no llegó a dormir aquel día. El chico les había llamado desde la terminal de buses para saber si estaban bien y les había dicho la hora de llegada. Por eso, al ver que no llegó, al siguiente día salieron en su búsqueda. Las preguntas los llevaron hasta el bus en el cual había viajado y, bajo la cobertura del anonimato, el cobrador, les dijo que los soldados lo habían bajado del vehículo. A la semana, lo encontraron en una morgue de la ciudad de Ahuachapán.

Aquella noticia, debilitó las piernas de sus compañeros de estudio. Una depresión llovió sobre sus cabezas y un rencor se anidó en su corazón. En ese momento, Claus declaró que se uniría a los rebeldes porque no aceptaba como su gobierno estaba tratando a la gente. Que si con la fuerza iba a entender, ella se pondría al frente para dar la primera pedrada. Los otros dos compañeros trataron de calmarla pero, la mujer, había tomado la decisión en firme.

Los siguientes días, se le vio más tranquila y hasta bromista. La bicha, en broma, le dijo al Chascarrillo que lo aceptaba como novio pero sin derechos. El chico agarró aquella noticia-broma por el lado positivo diciendo que, al menos, en su corazón se había abierto la rendija de la esperanza.

PROTESTANDO POR LOS CAPTURADOS

Durante la manifestación del primero de mayo, muchos integrantes de diferentes agrupaciones sindicales llegaron a la Plaza Libertad. A su paso, pintaron y dañaron las paredes; quemaron llantas y con sus pancartas protestaron por la opresión que el gobierno del coronel Romero ejercía. También, el arzobispo de San Salvador, exhortó en su homilía que era justo que los obreros reclamaran por mejores prestaciones y que tenían, también, el derecho a la sindicalización sin que esto sea visto como una amenaza o peligro para el gobierno.

En los días siguientes, los militares, capturaron a varios líderes sindicales y estudiantiles que encabezaron dicha marcha. Por esa razón, los sindicatos y asociaciones sociales convocaron a una marcha en la capital el día ocho de mayo, para pedir la liberación de las personas capturadas. El punto de reunión era el parque Cuscatlán; para luego, dirigirse luego a la Catedral.

La promotora de ir a la marcha fue Claudia porque se sentía comprometida con su amigo, asesinado. Quería que a través de ella, aquel que no podía reclamar lo hiciera. En tono dramático, les dijo:

— ¡Tenemos que ir a la manifestación! Hagámoslo por el Fumo que no tuvo tiempo de alzar su voz contra la impunidad de este gobierno. Seamos la voz del que no tiene voz.

Ante aquella frase, sus amigos no tuvieron fuerzas para negarse. La solidaridad en el grupo se hizo evidente y se prepararon para asistir a la marcha. El Roro, por su parte, no estaba muy convencido porque asumía que después de lo sucedido el primero de mayo, los militares los estarían esperando con uñas y dientes.

Ese día, desde que salieron de la ciudad morena, las cosas no pintaban bien. Al salir, a eso de las siete de la mañana, una llanta se les pinchó; luego, a la altura de la cuchilla, cruce de varias carreteras, un retén militar los detuvo por más de una hora. Antes de llegar a Santa Tecla, una *rastra* repleta de caña de azúcar volcó en medio de la calle. Los chicos tuvieron que regresar para buscar la otra entrada a la capital, por Quezaltepeque.

Todos aquellas señales pusieron inquieto al Roro, sin embargo no abandonó a sus *cheros*. Como llegaron casi al medio día, decidieron meterse a comer algo en el restaurante « El Pollo Campero». Cuando por fin llegaron al punto de reunión, la marcha había salido. Los cipotes se unieron a la manifestación y, al igual que muchos jóvenes, se pusieron a protestar gritando frases preparadas y ondeando banderas.

El Roro se limitó a acompañar y a observar; sus dos amigos, en cambio, se entregaron al cien por ciento a la protesta. Mientras caminaban, los efectos de aquella protesta, supuestamente pacífica, se comenzaron a observar. Varios individuos se dieron a la tarea de pintar cuanto muro encontraron, otros a quemar llantas y, más de alguno, a querer romper los vidrios de algún almacén. Por cierto, todos los comercios, sabedores de dicha marcha, se prepararon cerrando puertas y ventanas.

Alrededor de las doce y media, El Roro y sus *cheros* llegaron a la Catedral. La plaza estaba llena, a retumbar, y en las gradas de la iglesia, un grupo se había posicionado con parlantes y pancartas. Desde ahí leían sus discursos y los líderes pasaban, uno a uno, a exponer sus ideas. La música se hizo de la partida y aquello parecía una fiesta popular. Emocionados, el Chasca y Claus se fueron a colocar a las gradas, mientras el Roro los observaba del centro del parque.

El Bloque Popular Revolucionario con sus siglas BPR, era la organización a la cabeza de aquella expresión popular. Todo iba bien y parecía que nada iba a pasar. De repente, el chico comenzó a observar algunos individuos que portaban armas. Aquello, no le gustó mucho y comenzó a buscar algunas salidas. Se salió del centro del parque y se ubicó cerca de una esquina. Una sensación extraña se manifestó en el espíritu del Roro. De repente, alguien le puso algo atrás, en la espalda, como la punta de un arma.

La primera reacción fue: no moverse, se quedó quieto y esperó. El tipo se le acercó y le dijo al oído: « *¡Roro, qué mierdas andas haciendo aquí! Vete, tu casa se está quemando*». El chico reconoció aquella voz y, cuando quiso reaccionar dándose media vuelta, la persona que, lo había tocado, había desaparecido. Luego, el tipo cayó en la cuenta. Aquella frase era una señal. Con sus amigos del pueblo la habían inventado en el caso de algún peligro inminente.

De inmediato, se puso a buscar a sus *cheros* y los divisó en las gradas de la Catedral. Se hizo un camino entre la *mara* reunida y, al estar cerca, contacto con las manos a Claus. Le indicó que se marchaba porque se sentía mal, iba a vomitar. La bicha, no mucho le creyó pero, al ver que se marchaba, lo siguió. Avisó al Chasca para que la siguiera y, este de mala gana, se le quedó mirando sin seguirla. Sin embargo, al ver que se marchaban decidió bajar las gradas.

La chica alcanzó al Roro justo en la esquina del parque, entre la calle Darío y la avenida Cuscatlán.

— ¿Qué pasó? ¿Estás mal?

— ¡Vámonos, salgamos de aquí! ¡Tengo un mal presentimiento!

— No seas ave de mal agüero. No pasa nada.

— *Yo si me rajo*, me voy para el carro. —La nave, la habían dejado a varias cuadras de distancia.

— ¡No podemos irnos sin el Chasca! Espérame aquí, lo iré a buscar. ¡Toma las llaves!

La mujer ni siquiera había dado ni diez pasos, cuando se escuchó un disparo. Un grito de pánico puso a todos con los pelos de punta y, luego, se comenzaron a escuchar muchos disparos. El relajo se armó de inmediato. Unos salieron corriendo, otros se tiraron al suelo y los gritos de auxilio comenzaron a escucharse dramáticamente. La sangre comenzó a salpicar a medio mundo.

El Roro se había tirado y al levantar la vista, vio a Claus igualmente en el piso. Le dijo con la mano que lo buscara. La mujer, como pudo, se puso de pie y agachada, tapándose la cabeza, comenzó a caminar. Cuando llegó con el Roro, una bala la tocó en alguna parte de su cuerpo y cayó en los brazos del chico. Éste la agarró con fuerza y se la llevó para una especie de callejón sin salida que estaba cerca de ahí. Medio se cubrían en la esquina de aquel callejón.

Aquellos minutos fueron infernales, Claus se había desmayado y se quejaba del dolor. El Roro se encontró en una situación difícil, nunca antes vivida. Se puso a verificar la herida y no parecía grave, quizás, el impacto había provocado el desmayo.

De repente, se acordó del Chasca y quiso buscarlo entre aquel barullo. La sangre corría por la calle y la gente tratando de escapar casi lo atropellaba. *A duras penas*, colocó a su amiga a un costado y estiró su cabeza tratando de encontrar a su *chero*.

En *ese preciso momento*, lo vio en la distancia. El chico se había tirado a la tierra para protegerse y al sentir, una calma mentirosa, se incorporó. Miró, hacia todos los lados, y al sentirse seguro se levantó rápidamente y se puso a correr saltando bultos de personas y cosas.

Mientras lo veía acercarse, sus ojos captaron una imagen desgarradora. Como si por un instante, su mirada hubiera congelado la imagen. En dicha fotografía mental, muchos cuerpos estaban sobre las gradas de la Catedral, se notaba que estaban inertes. La sangre roja corría, sin cesar, en aquella postal en blanco y negro. Los rostros de las personas demostraban miedo, dolor y angustia. Unos ayudaban a otros a incorporarse, otros se tapaban la cabeza tratando de protegerse de las balas y, más de alguno, tenía entre sus manos a un ser querido.

Buscó, entonces, a su amiga y la tomó en sus brazos; volteó a ver a su amigo que se acercaba con su sonrisa alegre y jovial, cuando un impacto de bala lo alcanzó. Sus ojos se clavaron fijamente en el Roro y cayó, desplomado, sobre el pavimento sin dar indicios de vida.

Rodrigo se le quedó mirando y se puso a decir, despacio: « ¡No puede ser! ¡Levántate! ¡Por favor muévete, no te quedes ahí!». Luego, de unos segundos, se dio por vencido y aceptó aquella triste realidad, su amigo había muerto. Otros más que ésa, maldita, guerra se llevaba. Cerró sus ojos de impotencia y unas lágrimas brotaron reclamando justicia.

Un grito de horror, lo volvió a la realidad y se dijo: « ¡Tengo que salir de aquí! ». Agarró con fuerzas a su amiga que seguía inconsciente; se hizo un camino por una acera y se dirigió hacia el parque «Hula-Hula». Mientras caminaba, el joven no lograba apartar aquella triste imagen de su cabeza.

Mientras lloraba a su amigo y con su chera en brazos, pensaba: « Esta guerra nunca la quise y nunca la querré. Hasta cuándo tendremos que aguantar estos atropellos. Hasta cuándo la gente comprenderá que con fuego nunca se logrará la paz. Hasta cuándo seguiremos así. Cuántos más tendremos que perder para alcanzar la paz. Cuántos más tendremos que enterrar para comprender que la justicia no se alcanza con la muerte. Esta guerra no me gusta, y nunca la aceptaré porque no es justa. No quiero ser parte de ella, me niego a pertenecer a un bando. Todos son mis hermanos. Todos son mis cheros. Lo único que pido es paz, trabajo y amor».

Mientras se alejaba de la escena de horror delante de la Catedral, los curiosos simplemente lo veían pasar. Nadie, absolutamente nadie le ofreció ayuda. Sus piernas no le daban más, pero la necesidad de sacar a su amiga de aquel problema era más fuerte.

«No es lo mismo verla pasar que irla cargando»

FIN

EPILOGO

Muchos fueron los asesinados en aquella masacre en las gradas de la catedral salvadoreña el ocho de mayo; sin embargo, el 10, solamente, aparecieron 17 ataúdes en la marcha en dirección del cementerio.

De su amigo, el Chasca, nunca supieron que pasó con él. No lo volvieron a ver y presumieron que formaba parte del número de los «sin voz» que yacen en alguna parte del territorio guanaco. Desde aquel día, Claus decidió unirse a las fuerzas revolucionarias y se marchó a las montañas. El Roro volvió a la ciudad morena para terminar de completar sus estudios.

Ese mismo año, un grupo de militares daría golpe de estado y se formaría la primera junta de gobierno compuesta por militares y civiles tratando de detener la hemorragia que estaba desangrando a todo un pueblo. Para el Roro, la guerra que nunca quiso, era parte de su realidad.

PERSONAJES EN ESTE EPISODIO:

RORO: Es el personaje principal de la obra. Su nombre de pila es **Rodrigo Rodríguez** y, su apodo, proviene de la unión de las primeras letras de su nombre y apellido. Joven inquieto, curioso, aventurero y sereno.

SOFIA: Catequista y madre, soltera; muy carismática, positiva y emprendedora.

JUANCHO: Hijo de Sofía. Rebelde y caprichoso. Formaba parte de un grupo de jóvenes de su edad que se dedicaba a robar en las casas. No le gustaba la escuela y era el consentido de la tía de Sofía.

RUTH: La hija de la prima del padre del Roro. Mujer fiel, trabajadora y madre de Esther. De carácter fuerte, directa y devota. Su hija era todo para ella, a tal grado que la consentía demasiado.

SARA ESTHER: La única hija de Ruth, estudiante de último año de bachillerato. Desea ser abogada por influencia de su madre. Chica muy consentida, altanera, mandona, interesada, juguetona, aventurera y soñadora; su miedo más profundo era: quedar embarazada. Defensora de los animales, las mujeres y del capitalismo. Odiaba a los comunistas, al igual que su madre.

CLAUS: Estudiante de profesorado, seria, de familia rica y rebelde sin causa. Originaria de la ciudad de San Miguel, en la parte Oriental del país.

FUMO: Primer amigo del Roro en Santa Ana. Incondicional del equipo de la ciudad, el FAS. Era originario de Juayúa, en el departamento de Sonsonate. El apodo se originaba porque siempre estaba fumando.

CHASCA: Alegre, juguetón y muy sociable. Siempre andaba diciendo bromas y chistes, Originario del pueblo el Armenia, también del departamento de Sonsonate. Estaba enamorado de Claudia.

LA GATA: Estudiante de profesorado. Originaria de Atiquizaya. De ojos, verdes claros, y de estatura baja. Desde que vio al Roro, sintió cierta atracción hacia él. Romántica, estudiosa pero con complejo de inferioridad por su cuerpo.

ALEJANDRA: La hija mayor del padrino del Roro. De carácter fuerte, decidida y trabajadora.

LUPE: La hija menor del padrino del Roro. Soñadora, consentida y muy femenina.

DESCRIPCION DEL ESCRITOR

Escritor de origen salvadoreño, amante del estilo «realismo mágico». Utiliza la prosa romántica en sus diferentes expresiones artísticas, tales como: la novela, el cuento, la poesía, la fábula y la música. Sus argumentos llevan la esencia de un lenguaje poético, mezclado con un realismo mágico y folclórico. En sus obras plasma sus costumbres, principios y normas; embellecidas, muchas veces, por la jerga propia de su país de origen. Su narrativa romántica nos transporta a un mundo de tradiciones populares, hechos históricos y leyendas urbanas que enmarcaron su vida.

Desde muy joven, tuvo en sus manos y en sus sueños, la palabra como compañera de cuna. Su abuelo lo inspiró a través de su narrativa oral, los cuentos; su padre, profesor de educación básica, lo alineó en la dedicación y la lírica del verbo. En su juventud, bajo la sombra de la soledad, al quedar huérfano, la palabra se hizo verso, el verso, melodía; la melodía alas blancas y con ellas, se lanzó al vacío de su poesía.

LA GUERRA QUE NUNCA QUISE

OTROS CAPITULOS

GQNQ, MEMORIAS VIVAS –primera parte

GQNQ, ENTRE FUEGO CRUZADO – tercera parte

GQNQ, VIVIR MURIENDO – cuarta parte

GQNQ, MORIR A UN GRAN AMOR – quinta parte

www.ingramcontent.com/pod-product-compliance
Lightning Source LLC
LaVergne TN
LVHW050957080826
845145LV00009B/2330

* 9 7 8 1 9 8 8 4 7 5 6 5 3 *